As Boas Intenções

Título original:
As Boas Intenções

Autor:
Augusto Abelaira

Revisão:
Ariadne Nunes

Paginação:
João Jegundo

Capa:
Susana Villar

Foto da badana de capa:
© Marcos Borga / Lusa

ISBN 978-989-9124-94-3

Depósito Legal n.º ??????

Impressão e acabamento:
??????
para
Minotauro
maio de 2023

MINOTAURO, uma chancela de Edições Almedina, S.A.
Avenida Emídio Navarro, 81, 3D
3000-151 Coimbra – Portugal

AUGUSTO ABELAIRA

As Boas Intenções

OBRAS COMPLETAS

DE BOAS INTENÇÕES
ESTÁ O INFERNO CHEIO

Da sabedoria
(ou da ignorância)
das nações

Ao
CAMILO
CORTESÃO
querido amigo
que morreu muitos anos antes
do futuro com que sonhávamos

PREFÁCIO À TERCEIRA EDIÇÃO

1

Lá bem no fundo, e mesmo quando, prudentemente, dizem que não, os escritores acreditam no poder da literatura: que a Revolução Francesa foram os enciclopedistas que a fizeram, que certas leis de protecção às crianças se devem aos romances de Dickens e que os livros de Marx... E então escrevem livros com o pensamento de que os leitores, fortemente influenciados, farão isto e aquilo. Acreditam, afinal, na sua grande missão histórica e esperam (esperaram em Portugal durante cinquenta anos) que um dia um capitão ou vinte capitães os leiam. Que os leiam para fazer uma revolução, que os leiam para evitar os fáceis erros.

Brinca não brinca, o romance que hoje se reedita, ao sublinhar que a revolução republicana havia sido perdida, não pretenderia prevenir os leitores (os capitães) de que a futura revolução também poderia ser perdida? Não pretenderia ser lido pelos futuros revolucionários para avisá-los de certos perigos?

2

Tal ilusão é certamente ridícula. Ainda que possam ler romances, não é porque os leram que os capitães desencadeiam golpes militares. Mas, enfim, ter ilusões não é condenável e sem elas não haveria homens de acção. Os próprios Otelos que fizeram o 25 de Abril foram impelidos por certas ilusões — e ainda bem.

3

Explicando-me: quando me dispus a reler *As Boas Intenções* já calculava que iria encontrar uma grande dose de involuntária ingenuidade; mas supunha que para além dessa ingenuidade, um pouco óbvia e sem a qual tudo é impossível, encontraria também um livro lúcido — um livro incapaz, claro estava, de levar os homens à prática da revolução, mas capaz de os tornar mais conscientes, o que já não era mau. Digamos: um livro que, fingindo embora debruçar-se sobre o fracasso da revolução republicana de 1910, descreveria, adivinhadoramente, o fracasso da então futura revolução de Abril. Um aviso, em suma.

Mas, concluída a última página, descubro um romance que mais se assemelha a um exorcismo do que a um esforço de entendimento, um livro que é uma tentativa de interferir na História recorrendo a palavras mágicas. Afinal, mas decerto inconscientemente, eu, que me supunha um escritor racional e lúcido, acreditava que bastaria descrever o Futuro de uma certa maneira para que as coisas não acontecessem dessa maneira. Como se a História, como se o Futuro, contra a minha pretensão de os conhecer decidissem desmentir-me.

E assim, em pleno século XX e educado por uma tradição que mergulha as suas raízes no mais puro racionalismo (meu mestre português fora António Sérgio temperado pelo marxismo), eu confundia literatura com magia, e o meu explícito pessimismo racional era um álibi para um emocional optimismo (talvez porque o pessimismo deva considerar-se como uma forma diferente de optimismo, a crença no apocalipse, um disfarçado acto de fé no consequente mundo renovado).

Por outras palavras, ao escrever *As Boas Intenções* não era aos futuros revolucionários que me dirigia, antes colocava à minha frente, como interlocutor, a própria História para a desafiar: «Desmente-me, se és capaz!» Esperando, naturalmente, que ela caísse na ratoeira que tão subtilmente lhe armara.

4

Se pensas que o Pai Natal vai dar-te um comboio de corda, ele não to dará, se pensas que a História vai dar-te uma revolução triunfante nas suas consequências, ela não ta dará... Finge portanto que não acreditas, espera sem esperar, e assim esconjurarás a obscura maldição que sobre ela pesa.

Bom. Recordando: Concluído em 1963, o meu romance reflectia uma situação de desalento — pelo menos para quem não tivesse uma fé muito sólida na «marcha implacável da História», uma História progressista, entenda-se. Para trás, e ainda muito perto, estavam as ilusões frustradas que o movimento popular de Humberto Delgado suscitara e o sobressalto infeliz do golpe de Beja. Morta a crença na possibilidade destruição do regime graças a um grande movimento popular, morta também a crença numa revolta vitoriosa das forças armadas, que nos restava senão uma presumível e duradoira noite?

Tal era (ou parecia ser) a insuperável contradição: impossível que o regime não viesse a cair mais ano menos ano (nada é eterno), mas impossível também derrubá-lo.

A não ser que houvesse milagres, qualquer coisa que desmentisse o que parecia impor-se ao nosso espírito, à aparente lógica da História (Portugal seria uma excepção na História Universal, aqui e agora, a história seria outra).

Só um milagre, portanto.

5

É neste contexto, propício à aceitação do irracional (talvez porque o racional estava a ser mal entendido), que o meu romance (como muitos outros) deverá ser sociologicamente encarado. O autor deixou de ter esperanças, convenceu-se de que a História (pelo menos em Portugal) era pérfida, amaldiçoada, e que nada nos poderia livrar do Salazar — que, aliás, cúmulo do desespero, seria imortal. Imortal. E nessas circunstâncias, se Portugal escapava a toda a lógica, se era uma ilha no desenvolvimento das civilizações, que lhe restava a ele, o autor? E é aqui que entra a superstição inconsciente e que vai fazer de *As Boas Intenções* uma espécie de exorcismo.

Ao descrever (servindo-se do exemplo da derrotada revolução republicana) um futuro desastroso que «pensa» estar já inscrito na ordem dos factos, ele procura obrigar o Futuro a desmenti-lo, como se o Futuro lhe respondesse por palavras e obras: «Ah, tens a ousadia de pretender conhecer-me? Pois bem, enganas-te... Haverá uma revolução e, ao contrário do que sucedeu com o regime republicano, as consequências desta revolução serão vitoriosas...» Superstição, portanto. De qualquer modo, a ilusão de que mediante um romance, que funcionaria como uma reza mágica, seria possível esconjurar os demónios que envenenavam a História de Portugal, Pátria de revoluções perdidas.

Quanto aos leitores, que poderiam eles ter visto n'*As Boas Intenções*? A mesma coisa, decerto (e inconscientemente) — enganados, por outro lado, por uma certa aparência de esperança que nesse romance encontravam. E que, e contra todo o tom do livro, excrescentamente, o autor lá pusera. Porque, apesar de tudo, uma certa dose de ilusões se encontram n'*As Boas Intenções*. Mas isso também era superstição, também era uma tentativa de enganar a História, caso ela não se deixasse iludir pelo método da visão catastrófica. Em resumo, uma tentativa de jogar em todos os tabuleiros. E o posfácio que aparece na segunda edição não tem outro significado. Aí se sugere que o desenvolvimento progressivo é inevitável, que amanhã cantarão os passarinhos...

6

Não é sem um certo desgosto que tiro esta provisória conclusão: a literatura (pelo menos a literatura romanesca ou alguma literatura romanesca) será o equivalente moderno da velha magia, da crença nos poderes ocultos de determinadas palavras quando ditas segundo um certo ritual. A literatura: equivalente moderno da velha magia muito mais do que um esforço de clarificação, de lucidez. E isto, sobretudo, nas épocas sombrias em que a razão perde (ou julgamos que perde) a sua força ou, talvez melhor, em que a razão parece incapaz de compreender o que se passa. Melhor ainda: em que a História parece nada ter que ver com a razão, ao contrário do que acontece no mundo físico (mundo físico, esse, susceptível de ser racionalizado e, portanto, domesticado).

Aliás, se observarmos o que se passou no primeiro ano e meio posterior ao 25 de Abril, na época romântica em que (aos homens progressistas) parecia estarem abertas as portas de um mundo novo de acordo com a razão (uma razão benevolamente considerada, coincidente com as visões de esquerda), verificamos que ninguém se interessou pela literatura, porque a literatura já não era precisa. Na euforia, e com o Futuro no bolso, os homens já não se refugiavam nos exorcismos, precisavam, sim, de esclarecimentos profundamente lógicos (ou que pareciam sê-lo). Quando desejavam ler iam à procura de obras «científicas» de carácter sociológico (possivelmente tão mágicas como a literatura, mas isso é outra questão).

Agora que o nosso país caiu na mediocridade sem esperança, a literatura terá talvez de novo o seu papel. A magia, ainda que disfarçada, digo. Uma magia que dê aos homens a sensação de que vivem apenas um parêntesis, uma magia que lhes aqueça o coração acerca de um Futuro aparentemente sem saída. Mas que outra coisa poderá fazer a literatura?

7

Digamos que escrevo este posfácio num dia de excessivo pessimismo, em plena crise governamental, e sabendo até que a constituição (pelos vistos tão difícil) de um novo Governo não resolverá a Crise (com maiúscula) e que, à procura de um novo Governo, os partidos (velhas/novas máquinas ancilosadas) perseguem sombras. Sombras, porque são as ideias desses partidos, a maneira como concebem o nosso Futuro, que estão verdadeiramente em crise. E que, enquanto eles (refiro-me aos partidos de esquerda, os outros estão no seu papel) não se debruçarem criticamente sobre essas ideias (como alguns pensadores marginais vêm a fazer há já alguns anos), nenhuma solução é possível, todas as soluções são adiamentos ou caminhadas em linha recta para experiências mais ou menos fracassadas.

8

Releio o que ficou para trás, de novo acreditando que ia encontrar um texto lúcido, e de novo descubro um texto ingénuo que é um acto de superstição. Ao falar da mediocridade sem esperança em que caiu o 25 de Abril (os seus capitães eram dignos de melhor sorte), não continuo a fazer obra de magia, a tentar enganar a História (e com ela os leitores), a tentar que ela desminta o que, sombriamente, me parece inevitável, resultado fatal da nossa incapacidade de cidadãos, resultado fatal da inconsciência dos nossos políticos — num mundo em que, provavelmente (e aí vai a nota optimista, ou a necessidade de jogar em todos os tabuleiros), nada é fatal?

Janeiro de 1978

1

Maria Brenda não sabe, nunca saberá. Vinte e dois anos antes, dois anos antes de ela nascer, o pai perguntara à Maria Carlota: «Gosta de flores?» Mal se conheciam, Carlota estava no meio da sala, tinha um cravo branco na mão, Alexandre sentira-se impelido por uma súbita coragem, aproximara-se dela disposto a iniciar uma grande conversa, acabou por dizer aquela frase idiota. Disse-a e corou. «Para um republicano é pecado gostar de flores?», respondeu Maria Carlota, e ignorava — ele também ignorava — que passadas poucas semanas Alexandre havia de subir a Rua de Santo António sob o fogo da Guarda Municipal. Estaria preso. «Sim, um republicano também gosta de flores.» Um baile de fim de ano e um lustre de Veneza exactamente por cima da cabeça deles. Alexandre: «E se caísse?» Carlota, sem compreender: «Eu?» (Cair, queda, pecado original). — «Não!», Alexandre erguendo os olhos para o candeeiro. Palavra puxa palavra, os sentimentos puxam sentimentos. Atrás das palavras e dos sentimentos, dois anos depois, Maria Brenda que nascia. E entretanto uma revolução perdida. Vinte anos mais, e o padre António Navas passaria pela Alfândega, tentando obter de um amigo facilidades para a importação de um lustre de Veneza — e isto somente porque naquele salão e naquela noite um lustre de Veneza nunca mais se apagou na memória da Maria Carlota. Da varanda, e enquanto esperava, o padre descobrira três homens solitários e encapotados, vira matar o rei. Não: vira-o morrer.

Mas a morte de um homem, mesmo de um rei, sobretudo se por cima dela já correram muitos meses, esquece depressa, e só os bailes ficam. Bailes que não são necessariamente os mesmos — uns realizam-se pela passagem do ano, outros pelo Carnaval —, bailes que às vezes se repetem vinte e dois anos depois, bailes filhos de outros bailes. E Maria Brenda, que vinte e dois anos antes ainda não nascera (nem vinte e dois, nem vinte e três, nem vinte e um), mascarou-se de Julieta. Ele — mas quem era ele, debaixo daquela mascarilha? — vestira-se como um cavaleiro de Carpaccio.

— Chamo-me Romeu.

Ficaram em silêncio, frente a frente, sob um lustre de Veneza, o sorriso nos lábios, enquanto em volta, numa penumbra feita de música, de conversas e de gestos, os outros pares dançavam. Na cintura de Maria Brenda uma rosa branca, nos ombros brancos os olhos de Bernardo Lória.

— Chamo-me Julieta. — Ajeitando a alça do vestido, depois de uma pausa:— Quando as pessoas se conhecem mal, a conversa é difícil.

Bernardo abanou a cabeça. «Pelo contrário», pensa. «Quando as pessoas se conhecem bem é que não há mais conversa.»

— Discorda?

Ele:

— Talvez, não sei... E se nos sentássemos? — Deixaram o salão onde se dançava, acolheram-se a uma saleta oval com doirados nas paredes. — Quando as pessoas se conhecem há mais de cinco anos, que é que ficou por dizer?

— Que é que as pessoas dizem a si próprias?

— A si próprias? Ah, isto: «Os outros são estúpidos, os outros são estúpidos, os outros são estúpidos...»

— Quantas vezes: «Ah, eu sou estúpida, eu sou estúpida, eu sou estúpida...» Duas pessoas que se conhecem sabem tudo acerca uma da outra. Sabem o que devem e o que não devem.

— Não sabem o que devem e sabem o que não devem.

— Não percebi bem, repita...

— A verdade é horrível, não é? Muito menos interessante do que a mentira. Melhor, do que a imaginação...

— E nós? Que está a suceder?

— Eu sou estúpido, eu sou estúpido, eu sou estúpido...

— Que está a suceder?

Bernardo tenta de novo imaginar o rosto escondido de Julieta. Diz:

— Talvez estejamos a fingir que não nos conhecemos...

— A fingir? — Ela não compreende, alisa com as mãos a saia. «Que espécie de homem serás tu?»

Bernardo entretém-se com o brilho verde e vermelho do colar de três voltas de Maria Brenda, observa a bolsa branca e preta que ela agarra com força. Mas como pode saber que lá dentro se esconde uma arma? Um pequeno revólver confiado por Vasco Miroto à guarda de Maria Brenda.

— Você não conta com uma coisa — continua ela —, esquece que o mundo não parou. É como se pensasse que cada um de nós nasce com um saco de palavras e que a pouco e pouco o vai esvaziando... — Sentindo os olhos de Romeu no colar de três voltas? Maria Brenda ergue-se um instante, ajeita a saia, receosa de estar a engelhá-la, volta a sentar-se.

Ele tira a mascarilha. Tem sobrancelhas loiras, tem olhos azuis.

— Chamo-me Bernardo Lória. — Propositadamente desfaz o anonimato.

Maria Brenda levanta-se, ele também, aproxima-se de uma mesinha, pega num copo, ele imita-a.

— Agora sabe quem eu sou — insiste Bernardo.

— Só porque sei o seu nome e porque lhe vejo o rosto?

— Posso mostrar-lhe um Memling.

— Ah, se aqui estou e digo o que digo é porque nos separa esta máscara... — De repente: — Poderíamos brincar.

— Brincar?

Alguém, não muito longe, solta uma gargalhada. Um homem alto, grisalho. Conversa com duas mulheres, provavelmente mãe e filha, e é evidente que pretende ser amável e que existe uma desproporção enorme entre a gargalhada e a graça que lhe deu origem.

— Brincar ao amor.

— Que fazemos nós toda a vida senão brincar ao amor?

— Às vezes brincamos ao ódio, às vezes brincamos à indiferença.

— Não. À indiferença nunca se brinca. A indiferença é o estado natural de todos nós.

A mais velha sorri. A mais nova, essa, dá um gritinho breve, mas feliz. O homem grisalho tem apenas olhos para ela, esqueceu-se completamente da mãe.

— Tiremos as máscaras. É verdade que os teus olhos são verdes? — diz Bernardo. — É verdade?

Miguel Mosa aproxima-se. Uma das mãos no ombro de Bernardo, a outra no ombro de Maria Brenda. É o dono da casa, reconheceu-a.

— Divertidos?

— Amamo-nos — respondeu Maria Brenda.

— Já se conheciam?

— Já.

— E eu que não sabia de nada...

— Conhecemo-nos vai para dois meses — diz Maria Brenda, perante o silêncio inquieto de Bernardo. — Lembras-te? Tinha torcido um pé... Um caminho muito comprido, não havia casas perto.

— Passei ali por acaso. Era domingo, não era? Tinhas-te sentado numa pedra. — Bernardo, entrando no jogo. Dizendo, mal o Mosa se afastou: — Como é o teu nariz?

— Como qualquer outro...

— Conheces-me, já te disse o meu nome, já te mostrei a minha cara, mas não sei quem és.

— No dia seguinte encontrámo-nos, lembras-te? E por acaso... Não, no dia seguinte, não; foi semanas depois...

O Miguel Mosa conversava com o homem da gargalhada e virava-se de vez em quando para a mais velha.

— Depois desse domingo, depois desse dia em que te levei ao colo, não nos voltámos a ver?

— Perdi a tua morada. — Era horrível o nariz da mais nova. — Tu perdeste a minha. — Um penteado ridículo!

— Que coincidência... — Tentava dirigir o diálogo, impedi-la de manter a iniciativa. — Na Rua Nova do Almada. Ofereci-te um ramo de violetas.

— Um ramo de violetas? — E a afectação dos gestos? Será possível que não só o homem do cabelo grisalho como também o Miguel Mosa procurem agradar àquelas mulheres? — Ah, julguei que te tivesses esquecido... Se soubesses a alegria que senti...

— Gostas de flores?

— Gosto. — De súbito tem a impressão de que já participou uma vez num diálogo idêntico.

— Estavas distraída, olhavas por cima do meu ombro não sei para onde... Procurei ver. Era uma vendedeira de violetas. — Idêntico, não; o mesmo, o mesmo diálogo.

— Nova e abandonada por um marinheiro?

Ele sorriu:

— Com uma dúzia de filhos nos braços.

— De repente afastaste-te de mim, foste ter com ela, compraste um ramo. — Pausa. — Minhas! Estendeste a mão, disseste adeus, fugiste! Estive para dizer: «Já?», mas fiquei calada, tive vergonha. Respirei o perfume das violetas, encostei-as à cara, pareciam veludo! Há quantos anos desejava um gesto assim, há quantos anos desejava que alguém descobrisse a satisfação que poderia dar-me oferecendo-me um ramo de violetas! Estive quase a virar-me para toda a gente, gritar nem sei o quê, gritar o meu amor por todos... Mas olhei em volta: homens e mulheres. Frios, distantes...

— Amo-te.

— Tão distantes! Essa alegria, essa felicidade que senti num momento, que foi o momento mais feliz da minha vida, desfez-se de súbito. Atirei fora o ramo de violetas...

— Eu amava-te, Julieta.

— Sim, amavas-me. Porque te foste embora?

Tinham recomeçado a dançar. Um, dois, três. Um, dois, três. Um, dois, três.

— Pensei que preferisses estar só.

— Continuaria só se ficasses a meu lado, e preferi ficar só contigo a meu lado.

— Estou a teu lado.

Deixaram a valsa, encostaram-se às grades da varanda, a observar a rua húmida e brilhante. E um velhote que empurrava um carrinho.

— Gostaria de ver a tua cara.

— Para quê?

— Gostaria de ter a certeza da cor dos teus lábios.

— Não os vês?

— Só comparando-os com a tua pele.

— Fechas os olhos?

— Fecho os olhos.

Beijam-se.

— Porque não queres que eu te veja?

O relógio de pêndulo do alto da escada começou a bater a meia-noite.

— Esperas um instante? — diz Maria Brenda afastando-se, deixando cair uma luva no chão.

Como pode ele imaginar? De tarde, Maria Brenda tocou piano para os seus alunos do Centro. Meteu-se-lhe em cabeça que não lhes deveria ensinar apenas as primeiras letras, a música ajudá-los-ia a ser felizes. Vasco objectara-lhe muitas vezes que não era de música que precisavam, mas ela insistiu e eles pareciam gostar. Por amabilidade somente? Um dia, Maria Brenda há-de garantir ao Bernardo: «A arte ensinará os homens a ser melhores...» E Bernardo há-de replicar: «Sentes-te melhor por gostares de música?» Mas Maria Brenda não se atreve a responder que sim. Apenas dirá: «Para que servem então as minhas lições?» Agora, Bernardo, que não teve ainda com ela essa conversa, que mal a conhece, está à espera, olhando para a rua quase deserta e molhada. A rua em que, de súbito, lhe parece ver Maria Brenda, Julieta a entrar para uma tipóia.

Duvidando ainda, volta à sala, percorre o salão, procura-a por toda a parte.

— Onde mora? — pergunta ao Miguel Mosa.

— Não posso dizer... Mas vocês não se conheciam?

2

Não chega a perguntar «donde conheço esta cara?». Tem logo a certeza (e já se passaram dois anos!), revê nitidamente a praça lá em baixo, sente o que então sentiu: aqueles três vultos escuros, perfeitamente isolados, sós no meio da multidão, preparam-se para... Para quê? António Navas pensara tolamente: «Vão matar o D. Carlos.» Tolamente! Mas a verdade é que dez minutos depois D. Carlos estava morto. Pelos três homens do capote escuro? Entre eles um rapaz novo (este, ali agora de braço dado com a Maria Brenda?).

— Um amigo meu, Vasco Miroto.

Quando António Navas, nessa tarde longínqua de Fevereiro, viu o rei com a cabeça tombada e a rainha a agitar desesperadamente um ramo de flores, pensou: «Foram buscar as balas à minha consciência, era lá que estavam guardadas há muito tempo.» Porquê? Ao ver aqueles três homens, adivinhara sem explicação aceitável que se preparavam para matar o rei. E se pudera pensar numa coisa assim é porque na sua imaginação, e sem que o suspeitasse, as carabinas já estavam apontadas. Não apenas na consciência dele, na consciência de muita gente. «Fui eu, fomos nós: tantas vezes te matámos em pensamento que acabaste por morrer!» Balas, espingardas, arsenais inteiros dentro das consciências dos homens, a envenená-los, a fazer deles assassinos que não se atrevem a sê-lo.

Maria Brenda:

— Os seus alunos?

— De quando em quando vêm visitar-me... Um ou outro... — Sinceramente entristecido: — Juventude! O Abílio deve ter pensado muitas vezes: «Um dia destes vou a casa dele...» Mas o tempo corre depressa, sobretudo quando se tem saúde. Sucedeu comigo o mesmo, sucede com toda a gente. Sabemos que um amigo está na cama... Adiamos a visita para amanhã, mas quando damos por nós já se passaram três semanas. — Maria Brenda corou, está a sentir-se visada, António Navas percebe, procura emendar a mão. — Três semanas depois o doente está melhor, já não é um doente, damos de cara com ele na rua. Envergonhados, envergonhadíssimos! — Desvia o rumo da conversa: — E os teus alunos?

— Lá vão indo... — Aos domingos à noite a Maria Brenda vai ao Centro Republicano Luís de Camões ensinar o abc a duas criadas, três operários da construção civil, dois varredores da Câmara, um jardineiro. Para irritar o padre costuma dizer: «É a minha missa dominical», mas António Navas não se ofende e replica: «Talvez as suas almas se salvem mais facilmente assim!»

Vasco não o conhecia. Maria Brenda dissera-lhe, tentando convencê-lo a subir a escada: «Sabes o que a minha mãe pensa do padre Navas? Que é ateu...» E agora, ao examinar o quarto, Vasco procura obter a confirmação daquela frase. Respondera à Maria Brenda: «Um ateu? Ora, todos os padres são ateus.» Frase de efeito fácil que dava saída à sua veia anticlerical. Mas ela replicou: «Serão?» E a seguir: «Bom... Se todos os padres são ateus, o padre Navas é o único padre crente.» Com isto queria dar a entender que o padre Navas não poderia ser confundido com os outros, e ao falar assim prestava-lhe a maior das homenagens. Se alguma coisa a desconsolava tantas vezes, era sentir-se igual a toda a gente, saber que tudo quanto pudesse fazer seria igual ao que já estava feito, e que portanto a sua existência sobre a Terra era inútil.

«Antes viver como vivem todos os homens, pois os outros não querem saber da felicidade alheia para triunfar e ser diferentes. Napoleão, Júlio César...» Palavras ditas não por corresponderem exactamente ao pensamento de Vasco; ditas para que Maria Brenda se sinta satisfeita em ser como é, em ser vulgar. «Conservador...», respondera ela.

O padre Navas está sentado num cadeirão, está pálido, esteve três semanas doente. Maria Brenda:

— Sabemos que não é só o nosso destino individual que não tem saída, mas o da própria espécie. Não sou eu somente que morrerei, a espécie humana morrerá também dentro de quinze mil milhões de anos, quando o Sol se extinguir. E no entanto, apesar do carácter provisório de tudo isto, continuamos a viver descansados, como se habitássemos um mundo definitivo. — Cala-se um instante à espera de réplica (por exemplo: «Talvez um dia nos consigamos transferir para outro sistema solar, etc.»), mas Vasco abrira o jornal na página dos teatros e o padre Navas não se atreveu a dizer: «A vida eterna... etc., etc.» Por se tratar de um discurso demasiado óbvio para um padre? Vasco levanta os olhos do jornal, observa-o; também à espera daquelas palavras? «A vida eterna... etc., etc.» Maria Brenda continuava de pé, encostada a um guarda-fato, tinha os olhos no chão.

— É incrível! Beethoven compunha uma sonata com todos os cuidados, embora ela tivesse, ao cabo de contas, o mesmo destino que as cançonetas vulgares! E vivemos, será possível?, imperturbáveis! Como se a eternidade estivesse por nossa conta! — Cala-se novamente, sempre encostada ao guarda-fato, sempre à espera do auxílio duma réplica, sem ignorar que palavras como estas já foram repetidas quinze mil milhões de vezes. E as réplicas também.

Vasco não se atreve a interrompê-la. Após um dia de trabalho, ouvir sem protestar frases como aquelas pode ser uma prova de amor (é com certeza), mas é também a prova de que esse amor está errado, de que pertencem ambos a mundos diferentes, de que Maria

Brenda nunca poderá dar-lhe as respostas (talvez estereotipadas, que importa?) de que ele necessita. E quando Maria Brenda se afasta e está semanas sem aparecer tem seguramente razão. «Esta mulher não pode amar-me, não nascemos um para o outro.» Calado portanto para que ela não suspeite que não pode compreendê-la? Não suspeite que vivem em planos diferentes? (Ou porque sente prazer em ouvi-la?)

Enquanto Maria Brenda fala, enquanto Vasco olha através da janela, o padre Navas pensa: «Terias sido tu? Atrás desse rosto fechado esconde-se um regicida?» Maria Brenda compreendeu que ninguém a escutava. Calou-se.

Sem a fitar, envergonhado, adivinhando a razão do silêncio, António Navas só conseguiu descobrir uma frase feita, uma dessas frases que sempre se espera que um padre diga. Procurando fugir-lhe:

— Precisarei de te lembrar? — Uma interrogação para ganhar tempo. Nada! — O mundo é provisório, mas a vida não... — Deseja apenas que ela saiba que foi ouvida. Nem mais!

Vasco, entrando no jogo, levantando-se, vendo-se ao espelho (alto, com os ossos à flor da pele, com sobrancelhas muito carregadas e olhos tão claros que até parecem não estar lá em certos dias de sol): «Um espelho no quarto dum padre?», pensa. Desviando depois os olhos para Navas («é o espelho onde faço a barba, compreendes?»), fixando Maria Brenda:

— Como Beethoven se esquecia de que o mundo é provisório e como nós também nos esquecemos, tudo se passa como se o mundo fosse eterno. Tanto assim que chamamos eternas às obras de génio.

— Os homens esquecem-se. Mas se não se esquecerem? Eu não me esqueço... E agora? Que vou fazer?

Tão perto dele que Vasco estende o braço, pega-lhe na mão. Mas em vez de se concentrar violentamente naquele prazer, ou na frescura daquele contacto, pensa: «Que sentirá o padre ao ver-nos de mãos dadas?» Simultaneamente, diz:

— Aquilo que tens a fazer é assim tão grande que exija a eternidade? Não te basta um mundo provisório? — Palavras proferidas a medo. Vasco (entretanto abandonara-lhe a mão) teria desejado dizer, marcando bem as sílabas: «Porque levantas estes problemas? Se sofres, sofre, mas não armes os braços dos inimigos, não lhes dês argumentos. Tais desesperos são perigosos para o bicho-homem, pelo menos provisoriamente. Perigosos não só para nós, perigosos para ti. Enquanto te preocupares com eles não farás mais nada, compreendes? De resto, nem os levas muito a sério: são um jogo, embora um jogo mais perigoso do que o *poker*. Uma forma cómoda e fingidamente inteligente de passar o tempo.»

António Navas, a olhar para a mão direita de Maria Brenda (a mão que Vasco largou segundos antes) e como se tivesse ouvido aquele discurso:

— Não temos tempo para os problemas, é isso? — Tenta refrescar uma afta com a língua.

— Um homem que está a morrer afogado e quer salvar-se não tem tempo para metafísicas...

— Salvar-se, quer dizer, salvar a alma?

— O corpo... E estamos todos a morrer afogados! — Pega outra vez na mão que Maria Brenda lhe abandona. Com doçura: — Se não podes vencer essas ideias, pelo menos esconde-as para não envenenares os outros...

— E envenenar-me a mim? — Soltando a mão num gesto automático, soltando-a para melhor gesticular — Então eu sou o veneno!

O padre, virado para Vasco:

— Explique-me... Acredita decerto que não devo matar o próximo. Tem um argumento definitivo, válido, indiscutível? — Fixa triunfante o rosto de Vasco, observa-o como se dissesse: Apanhei-te!

— Quem lhe disse que não, que eu penso assim? — Sente as mãos suadas, enfia-as nos bolsos para as limpar ao forro das calças. — Quer saber como posso viver sem certezas absolutas, não é?

— Não só...

— Vivendo, vivendo... Quais as certezas absolutas de quem esbraceja para se salvar? Vivo sem certezas e é tudo! Peso os prós e os contras, os meus e os do outro, e vivo no mundo provisório...

António Navas gostaria que Vasco tivesse sido um dos assassinos do D. Carlos — percebe horrorizado. Para poder conversar, discutir com ele, conhecer os pensamentos de quem ousa tirar friamente a vida a outro homem? Ou esse desejo exprimia uma certa ambição de salvar alguém, de arrancar uma alma ao inferno? Descobrirá, dias mais tarde, que o seu desejo tem outras raízes: porque se a vida dum homem não vale nada, a morte dum homem pode aliviar muito sofrimento.

Ideias estas que perturbam o padre Navas, para quem só o amor pode redimir a humanidade, para quem a única razão por que os homens ainda não são felizes resulta de terem usado como arma política o ódio em vez do amor.

Maria Brenda afasta-se do guarda-fato, com a mão direita pega no espelho, com a outra ajeita os cabelos. Pensa então que Vasco é uma criança e ainda não tem alma. Olha-o com ternura e ouve-lhe coisas ingénuas (pelo menos pensa que são ingénuas) como:

— Entre uma filosofia que pressupõe a estabilidade e outra que procura melhorar a situação dos homens, escolho a última. E recuso mais discussões, aceito certos princípios como fazem os matemáticos, que nunca mais voltam a pô-los em dúvida. Guardo o talento e a inteligência para...

Maria Brenda tantas vezes o ouviu falar assim que pode adivinhar exactamente as palavras que vão seguir-se e diz, adiantando-se-lhe:

— ... a discussão dos meios...

O padre riu-se, ela riu-se também, Vasco irritou-se:

— Estava a falar a sério. — «Não és, não és a mulher de que preciso.»

— Quem pôs em dúvida? — Ela sente-se subitamente alegre, Vasco é uma criança. E repete: — ... a discussão dos meios!

Vasco, ainda de mau humor:

— Julguei que sofrias com o mundo provisório.

— Não sabes que também sou capaz de me sentir alegre? — Irónica, enquanto num gesto automático aperta e desaperta o botão da manga da camisa branca com folhinhos no peito. — Ah, bem sei, o riso não faz parte do mundo, o riso não é sério, não é construtivo...

Irritado:

— Faz. — Pausa. — Quando faz.

Maria Brenda vai à janela, observa um velhote que empurra um carrinho cheio de embrulhos, uma rapariga muito alta parada no passeio e a olhar para trás, atenta a qualquer coisa que Maria Brenda não pode ver. Deixa a janela, aproxima-se de Vasco, pega-lhe no braço, encosta por um momento a cabeça ao ombro dele («Esta é a mulher que eu desejo!»). A brincar:

— Se me disseres agora que gostas de mim, dir-te-ei agora que gosto de ti... — Beija-lhe o nariz (o padre vê e ouve). — Dir-te-ei que nunca mais deixarei de gostar de ti, mesmo que venha a deixar de gostar de ti. — Volta-se para António Navas. — É feliz, padre? — Ele tenta responder, ela não deixa.

— Não pode ser feliz, pois a felicidade é isto, é não pensar, é sentir nos lábios o rosto do homem amado... — Afasta-se de Vasco. — Hoje os meus alunos deram-me um ramo de rosas e um bolo... Foi assim: quando cheguei estavam todos em volta da minha mesa, pareceu-me que escondiam qualquer coisa... E escondiam... Era o bolo e o ramo de rosas! Uma confusão, julgavam que era o meu aniversário... O senhor Alfredo... — Vira-se para o Vasco. — Lembras-te? Aquele que já tem um neto, aquele que te mostrei no outro dia, que estava a varrer o passeio... Fez um discurso, um discurso tão bonito! Não me atrevi a desiludi-los, a dizer-lhes a verdade. Fiquei portanto com um ano a mais, este ano faço anos duas vezes, a partir de hoje fiquei mais velha! Quem os teria enganado? Imagine, padre Navas... Deverei emendar o meu cartão de identidade? Com mais um ano, mas tão feliz! — De manhã telefonou ao Bernardo Lória, ele desligou o telefone.

— Que disse o senhor Alfredo? — pergunta o padre Navas.

— Palavras amáveis, palavras amáveis... — Sorridente: — Pareceria mal repeti-las... — De súbito: — Quando está melhor, quando vai descer à rua, padre?

— Lá para o fim da semana. — Volta a passar a língua pela afta.

Maria Brenda, virada para Vasco:

— Gostas de flores?

Uma pergunta inesperada, Vasco não compreendeu, mas disse (que outra coisa te havia de dizer, querida Maria Brenda?):

— Gosto.

— Mesmo que eu seja um ano mais velha?

— Vinte, trinta...

3

No momento exacto em que Alexandre estende a mão para agarrar um cravo branco poisado na secretária, Maria Brenda diz:

— Os pais são, de todos os casais que eu conheço, o único que não discute... — Nessa manhã telefonara ao Bernardo. Tal como da vez anterior, ele perguntou quem era, ela respondeu: «Julieta», ele desligou imediatamente. Porquê?

Alexandre inclina a cabeça: Maria Brenda suspendera a leitura, observava-o. «Porque dizes isso?», esteve quase a perguntar, mas a frase que pronunciou foi outra:

— Que livro é esse? — «Os pais são, de todos os casais que eu conheço, o único que não discute...» Donde lhe vieram estas palavras: do livro que está a ler ou de qualquer outra lembrança que se sobrepôs à leitura?

Maria Brenda mostra-lhe em silêncio a capa, mas ele não tem os óculos à mão, não consegue distinguir o título. De resto, seria preciso conhecer a página e não apenas o livro. «Mas é verdade que nunca discutimos diante de ti.» Verdade. Uma verdade que lhe tem passado despercebida, uma verdade que todos os dias, durante dezoito anos, o tem acompanhado, uma verdade que ele deixou escapar e que só Maria Brenda descobriu. Uma verdade que ele nunca teria chegado a conhecer se não fosse a filha.

— Tens a certeza de que nunca discutimos, só porque nunca nos ouviste discutir? — Carlota desferiu secamente esta pergunta, desferiu-a sem levantar os olhos do tricot.

De manhã, enquanto Maria Brenda telefonava ao Bernardo, Carlota e Alexandre travaram uma pequena batalha. Uma discussão naquele mesmo escritório, diante daquelas mesmas estantes de pau-santo e portas envidraçadas, diante daqueles mesmos cadeirões de coiro com botões amarelos (no cadeirão em que Maria Brenda está agora sentada falta um, arrancado por ela quando era criança), diante daquelas mesmas gravuras inglesas de Lisboa e do Porto (um desastre da ponte das barcas cheia de gente aflita e cor-de-rosa), diante daquele mesmo retrato a carvão de Carlota, uma Carlota — a Carlotinha — que não envelheceu com os anos, embora o papel tenha amarelecido de ano para ano. A Carlota envelhecida que está ali debruçada sobre o tricot, essa, de manhã, ao explicar que se esquecera de comprar o último livro do Anatole, dissera: «Tenho muitas outras coisas em que pensar, não sabes?» Uma afirmação rigorosa, exacta, indiscutível. Muitas coisas em que pensar, como toda a gente.

Cobarde, Alexandre não se atreveu a desmentir Maria Brenda, a confessar-lhe que nessa manhã disse e ouviu algumas palavras amargas. Timidamente dá-lhe a entender que tem razão.

Carlota:

— Não percebes que a tua filha sabe que discutimos muitas vezes? Não percebes que ela nos quer apanhar numa mentira? — Tudo isto sem levantar os olhos do tricot.

«Tenho muitas coisas em que pensar, sabes?» Alexandre não ignora: as palavras em si mesmas pouco valem ou nem valem nada. Então porque discutiu com a mulher, levando a sério o que traduzia somente um mau humor momentâneo? Faltou-lhe o bom senso de considerar aquela explosão no seu peso exacto — que é nulo. A frase que se seguiu tinha tão pouco valor como a outra: «Quantos anos viverei eu ainda para ouvir coisas assim?» As réplicas são como as cerejas, sobretudo as réplicas vazias. «Disse alguma coisa que não pudesse dizer?», perguntara a Carlota. Como as cerejas. Alexandre estendera entretanto a mão para um cravo branco (neste instante, à tardinha, acaba de fazer o mesmo gesto), cheirara-o (cheira-o), ocorrera-lhe (como agora lhe ocorre) que fora uma lembrança da Maria Brenda. Com a outra mão aconchegara melhor aos joelhos (como agora aconchega) a manta oferecida pela esposa num dia de anos longínquo — mas ele já se esqueceu desse dia — e observou (e observa) o canto do tecto manchado pela humidade. Não pensou (mas pensa) que a casa precisa de obras, que o dinheiro cada vez vale menos (isto é a Carlota que está a pensar) e que tantos meses depois da subida ao trono do D. Manuel tudo continua na mesma (é ele que pensa) ou pior (ela, de novo).

Surpreendida com a intervenção da mãe, Maria Brenda não insiste. É verdade, de certo modo é verdade, que desejara apanhar os pais em falso — mas para os amarrar à mentira, para que se considerassem obrigados a tomá-la verdadeira, para que nunca mais discutissem. Sim, nessa manhã, quando se dirigiu ao telefone, percebera que discutiam. Achara-se de súbito entristecida e o telefonema mais a entristecera. Precisamente no instante em que Alexandre pensou: «Porque não te vais embora?»

Sim, quantas vezes deseja que a Maria Carlota o deixe? Quem sabe se a sua vida não tomaria então um novo rumo? Mas a Carlota considera seu dever ficar ali, sente-se na obrigação de o acompanhar. Alexandre sabe que durante estes vinte e dois anos nem uma só vez (perigosa certeza) desejou enganá-lo. Para ela o casamento foi a cruz que Deus lhe impôs. Porque «se alguma mulher tem marido descrente e ele consente em habitar com ela, não o deixe», disse São Paulo. E Alexandre nunca lhe ouviu uma só queixa directa — e que sacrifício não será esse de nunca lhe ter dito, ao menos uma vez: «És um inválido. A minha mocidade, a minha vida ficou estragada. Gostaria de viajar, gostaria de tantas coisas que me estão proibidas por causa da tua invalidez!» E vinte e dois anos a correrem, a correrem dia a dia.

Carlota sente-se observada. Pelo marido ou pela filha? Não levanta os olhos do tricot. Seja quem for que a observe não resistirá a falar, e Carlota espera, espera para saber. Alexandre diz:

— Quantos são hoje?

Maria Brenda não responde — e não responde (pensa Maria Carlota) porque está atenta a qualquer coisa. A qualquer coisa ou a alguém? «A alguém, a mim.» Responde ao marido: «Vinte e dois.» Alexandre não sabia que o mês estava no fim, Carlota lembra que ainda falta uma semana, Maria Brenda acrescenta «uma semana é um quarto do mês», e Carlota sorri então para a filha, sorriso que Maria Brenda retribui. Os olhos de Carlota perguntam-lhe: «Que estavas a pensar?» — «Pensava — responde-lhe Maria Brenda também com os olhos — se terias sido fiel ao meu pai todos estes anos.» — Carlota, em silêncio: «Porque perguntas isso?» — Maria Brenda, em silêncio: «Por nada. Gostaria de saber.» E condenava a mãe, não porque, em absoluto, achasse condenável enganar um marido (Maria Brenda tê-lo-ia enganado), mas porque era sua mãe. De resto, condená-la-ia igualmente se o não enganasse (condena-a, portanto). E também por ser sua mãe. Os olhos de Maria Carlota: «Porquê?»

Maria Brenda não sabe porquê: certa vez que a mãe conversava em voz baixa com o padre Navas, Maria Brenda suspeitou deles. O desejo apenas de imaginar todas as hipóteses e de nunca ser apanhada desprevenida, poder dizer «cá me palpitava»? Simpatiza com o padre, gostaria de sabê-lo feliz, deseja muitas vezes uma mulher para ele. Mas aquela, tão seca e agreste? Depois, durante semanas, mal o via chegar, aproximava-se da mãe. Não para a defender, mas para o defender a ele. E uma tarde calaram-se quando Maria Brenda apareceu. Precipitadamente, a mãe disse (e foi esse tom moral e elevado que mais a perturbou): «Precisamos de ajudá-lo, de interessá-lo pelo que se passa, mas como?» Maria Brenda manteve-se em silêncio, aproximou-se de uma mesinha, abriu um livro, folheou--o ao acaso. O padre Navas respondia: «Não basta ampará-lo, o Alexandre tem de sentir interesse por qualquer coisa. Nos primeiros tempos ele escrevia, era um polemista implacável, preparava-se talvez para uma carreira política...» A mãe: «Que carreira? Não foi um bem esta desgraça? Seria daqueles que pedem nos comícios a expulsão dos jesuítas...» — «Que importa?», respondera o padre Navas. «O importante é sentir-se vivo, combater, pecar se necessário for...» (Ah, estas palavras não eram palavras ditas ao acaso, elas concluíam uma conversa havida três dias antes entre o padre Navas e Alexandre. E, na base da conversa, a própria Maria Brenda. Uma dessas frases que se dizem aos pais, que aparentemente não têm significado: «Um dia mato-me.» Bem sabia Alexandre que a filha estava a representar, que não pensava em tal. Mas o desejo de representar esse papel também era significativo. De quê? Se a Maria Brenda perdia tempo a dizer semelhantes palavras é porque já morrera, não encontrava em si própria qualquer estímulo. E como não havia Alexandre de se sentir culpado, ele, que era o pai? Pois sempre esse problema o preocupara. Por vezes — estava a filha ainda no berço — olhava-a atentamente, atento aos mais pequenos gestos. «Se um dia morres, que vai ser de mim?» Esta pergunta feria-o, tirava-lhe a respiração, enchia-o de pânico. Afinal a vida humana é tão frágil! E uma simples doença, um simples desastre... Mas, tantos anos passados, Maria Brenda estava na frente dele: não já o bebé inconsciente de pernas rechonchudas, cheias de pregas, de barriga ao léu, de cabeça quase tão grande como o corpo. Maria Brenda: alta, o seio pequeno, as ancas largas, a cintura estreita. E aquele sorriso: os dois incisivos levemente separados, um ar despreocupado e alegre. Ali em frente dele, sem alegria nenhuma, a mão direita ajeitando os cabelos muito pretos num gesto inconsciente. E dizendo: «Um dia mato-me...» Instantes depois, quando o padre veio — Maria Brenda já se fora embora —, Alexandre disse: «A minha filha é infeliz. Porquê?» Tirou de cima do regaço o cravo branco deixado lá momentos antes. E o padre: «Porque é ociosa, porque não faz nada. Como tu.» — «Ah, eu sou feliz — respondeu Alexandre. — Poucas pessoas tiveram tanta sorte como eu. Nem corro riscos, tenho o presente e o futuro por minha conta...» Resposta de Navas: «Creio que é próprio do homem correr riscos... E um homem inteligente como tu pode corrê-los. Porque não escreves? Porque não publicas artigos nos jornais? Escrever é uma forma de agir. Tirássemos ao mundo os livros, e o mundo continuaria ainda hoje onde estava há três mil anos...» Falando assim, o padre Navas dava largas à sua velha vocação pedagógica. Propunha-se ensinar o padre-nosso ao cura, esquecia-se de que o amigo sabia aquelas coisas. Para lhe cortar a palavra, Alexandre disse: «Eu talvez não tenha o génio de Voltaire...» — «O génio de Voltaire?» António Navas retardou a resposta. «O génio de Voltaire... Mas não sabes que não é preciso ter o génio de Voltaire para influir no mundo? E crês que esses homens que enchem a imprensa e os livros têm o génio de Voltaire?» Com a filha, a influência não fora pela escrita, mas oral. Considerando isso, Alexandre lembrara: «Seria útil que eu tivesse o génio céptico de Voltaire? Bem sabes, padre, que ele era um livre-pensador...» — «Que importa?» E nesse instante António Navas pensou em certas palavras ditas pela Carlota: «Está a pecar, padre. Como pode afirmar coisas dessas? Será que não crê em Deus?» Alexandre abafou-lhe a memória, dizendo: «Talvez combatesse a Igreja, a Religião, Deus...» António Navas continuava a sentir nos ouvidos as palavras de Carlota, não a voz da consciência. Acrescentou: «Não importa, meu amigo. Fá-lo-ias com honestidade, sei-o bem. Os teus ataques seriam úteis...» — «Podiam ser honestos, mas injustos. Bem sabes que muitas vezes se é injusto, embora honesto...» — «Deus não tem receio dos desafios dos homens, mesmo quando esses homens se chamam Alexandre Soares...» Procurou acalmar uma afta passando-lhe a língua por cima e disse, aliviado: «Deus prefere ser combatido, a ver os homens indiferentes, indiferentes e resignados ao silêncio! Porque Deus transmitiu aos homens o poder da acção e quere-os activos...» Alexandre: «Bem sabes, a minha inactividade foi decidida por Ele...» — «Decerto. Mas escolheu-te, fixou-te a uma cadeira de rodas para que não te perdesses em práticas vulgares. Ele espera de ti uma acção mais importante. Amarrou-te para que possas meditar, e a tua acção se decida no campo da inteligência. Repito: escreve, combate-O, se é esse o teu desejo. O teu e o d'Ele...» Por que razão os padres, mesmo quando não estão no púlpito, têm este tom de voz aflautado e artificial?, pensou Alexandre. E disse: «Escrever é uma forma de vaidade, uma forma de exibicionismo, uma forma de os homens se afirmarem a si mesmos para além do que lhes é devido...» Uma voz pausada, modesta... ah, a modéstia dos orgulhosos! O padre: «Na maior parte dos casos, talvez. Mas seria essa a tua virtude: escreverias sem vaidade.»

Maria Brenda, confessando ao pai que havia de matar-se, levara Alexandre a conversar com António Navas, e a roda livre das palavras cegas obrigara-os a discutir aquela situação de homem inválido. Esta conversa fora transmitida à Carlota pelo padre. «O importante é que se sinta vivo, que actue, que combata, que peque se necessário for... Porque o maior dos pecados é o desinteresse, não o pecado propriamente dito...» Maria Brenda surpreendera estas palavras; ela, que indirectamente lhes dera origem, viu nelas o manto envergonhado que se faz cair sobre uma conversa proibida. Suspeitou deles. («Um dia hei-de experimentar-te.» Refere-se ao padre Navas. «Um dia, quando te apanhar a sós, verei se és ou não um hipócrita. Verei se serás capaz de me resistir. Mas se não me resistires provará isso que és um hipócrita?» Ah, e que farias tu, Maria Brenda, se de súbito ele se rendesse? Terias coragem de lhe dizer que estavas a experimentá-lo ou, timidamente, para o não magoares, aceitá-lo-ias?)

Assim, as suas palavras ocas acerca da morte eram-lhe devolvidas, dias depois, transfiguradas numa suspeita acerca da mãe. Da mãe e do padre. Mas como não tem a certeza, como deseja salvar o pai e até o padre e até a mãe, como ouviu os pais discutirem nessa manhã, como no fundo acredita no poder mágico das palavras, diz:

— Os pais, são de todos os casais que eu conheço, o único que não discute. — No momento exacto em que Alexandre estendia a mão para um cravo branco e a mãe se debruçava sobre o tricot.

4

Maria Brenda entrega ao Vasco vinte mil réis que recolheu entre algumas pessoas amigas e que se destinam a ajudar o partido republicano:

— É um crime, Vasco. Estás a enganar o Júlio Miguel. — Ao exprimir-se assim nem era tanto pelo Júlio Miguel que falava, o Júlio Miguel conversa com ela demasiadamente de igual para igual, e a Maria Brenda, embora sem dar por isso ou quase sem dar por isso, gosta de uma certa vassalagem, gosta que a sua suserania seja reconhecida por aqueles a quem ela, um tanto hipocritamente, concede a igualdade; os seus alunos são bem mais simpáticos, prestam-lhe essa vassalagem, dão-lhe a oportunidade de fingir que a recusa. Não tens vergonha, Maria Brenda?

— A enganá-lo? — O Vasco, sem compreender.

Sim, não é tanto pelo Júlio Miguel que ela assim fala, o objectivo é outro: hostilizar o Vasco. E dias antes, ao passar por acaso em Alcântara, deu com os dois em amena conversa.

— A conspirar? — perguntará mais tarde.

Vasco, ainda sem compreender:

— A conspirar como? — Está cansado, teve de ir a Vila Franca para escrever uma notícia acerca de um homem que matou a mulher à machadada.

Maria Brenda explica-lhe. Vasco responde (não lhe falou da viagem a Vila Franca nem do ar perfeitamente indiferente com que o assassino lhe descreveu o crime):

— Em Portugal, quando duas pessoas se encontram têm sempre o ar de quem conspira.

— Se fosse polícia prendia-os imediatamente... — Conta-lhe então que Júlio Miguel é inquilino do pai.

— Aquela casa miserável...? O teu pai não tem vergonha de a alugar?

Maria Brenda lembra-se que muitas vezes o pai costumava dizer: «É pena o Júlio Miguel ser tão bom homem. Preferia que não, para lhe aumentar a renda.» Uma afirmação graciosa com um pouco de verdade à mistura.

— Como o conheceste?

Vasco não responde. Machado Santos recebera, certa vez, a informação de que Júlio Miguel era um homem sério, com dotes extremos de simpatia, um desses homens cujo apoio seria precioso. Pedira-lhe que fosse experimentá-lo e ainda não tinham trocado uma centena de palavras, Vasco mal tivera tempo de lhe avaliar o aspecto físico (Júlio Miguel era alto, embora curvado, tinha um ar frágil, sem cabelo, de olhos escuros e encovados, cinquenta anos talvez), quando o outro lhe disse: «Eu sei... Eu sei... Cada um de nós terá depois uma casa...»

— Porque não lhe disseste que era falso? — perguntou a Maria Brenda. — Deixaste que o teu silêncio parecesse uma confirmação.

— Um dia será verdade.

— Logo a seguir à República?

— As revoluções, as legítimas e as outras, fazem-se com mentiras, Maria Brenda. — Fitou-a gravemente, quase envergonhado por conhecer uma mulher tão bonita, tão bem tratada, com a pele tão fresca, comparou-a sem querer com a mulher assassinada, com a irmã da mulher assassinada, com todas as mulheres que viu esta manhã naquele mísero bairro de Vila Franca. Júlio Miguel comprara uma dúzia de castanhas, não consentira que Vasco as pagasse (e como fora inábil a tentativa de Vasco para as pagar!). Dissera: «Que homens como eu queiram uma casa não admira, que não a tenho. Mas gente que não precisa a trabalhar para mim! Grandes tempos estes!» Envergonhado (porque dissera Júlio Miguel aquelas palavras? Para o comprometer?), Vasco não se atrevia a replicar, a dizer-lhe que a República não tencionava dar-lhe a casa — essa República que havia de surgir mais dia menos dia. Explicar-lhe portanto que a República era simplesmente um primeiro passo e não o objectivo final? Que depois do afastamento do rei, do rei e de todos os ministros, ele continuaria a viver uma vida idêntica e, quando muito, só o filho ou o neto, ou o bisneto ou tetraneto deixariam de pagar a renda à filha, à neta, à bisneta, à tetraneta de Alexandre Soares?

— As revoluções fazem-se com mentiras, Maria Brenda. Sem a República não será possível lutar pela casa do Júlio Miguel. É uma fase, uma fase necessária. Mas se eu vou dizer a verdade, quem sabe se ele desiste?

— Tens pouca fé nos homens...

Não responde: aquela acusação ouviu-a já, mas não à Maria Brenda, ouviu-a a si mesmo. Quantas vezes, de facto, Vasco Miroto imagina ser o único homem que...? Maria Brenda prossegue:

— Porque não falar sinceramente? Quem sabe? O Júlio Miguel combaterá da mesma maneira e tu terás a tua consciência descansada.

— Não sou um profissional ridículo das consciências descansadas, Maria Brenda. Lutar é nunca ter a consciência descansada.

Certo dia, Vasco encher-se-á de coragem: «Senhor Júlio Miguel... Os homens da República não lhe darão a casa...» Não o encarava de frente, fingia descobrir de súbito que um dos botões do casaco estava a cair. Ouviu o outro dizer:

— Haviam de me enganar?

— Talvez apenas os seus netos... — Vasco enchera-se de coragem, poisara nele os olhos envergonhados, e então foi o Júlio Miguel que desviou a cara (como se a culpa fosse dele) e Vasco teve a suspeita de que nunca vira um homem tão desprotegido. — Senhor Miguel, nós continuamos a viver nos nossos netos... — Este argumento era puramente verbal, bem o sabia, não podia dar satisfação a quem estivesse agarrado à vida.

— Continuamos — respondeu Júlio Miguel, levando a sério as palavras de Vasco. — Mas não é por mim. A Maria... Como lhe explicar que não terá a casa?

— Senhor Miguel... Não lhe explique, minta-lhe como eu lhe menti até agora... — Estranha coisa, pensa: descansada a minha consciência, cá estou eu a supor que os outros não precisam de consciência descansada. — Senhor Miguel! — Sentiu necessidade de lhe dar qualquer satisfação que não fosse apenas a dos netos. — Quero-lhe jurar uma coisa: eu também não terei uma casa, não aceitarei nenhuma casa da República... — Uma promessa negativa. Pior: a descrença nos homens — pensa —, a suposição de que a desgraça alheia ajuda a suportar a desgraça própria.

— Mas poderia conseguir uma casa...?

— Tenho boas relações com alguns chefes da República. Talvez... Mas não aceitarei. — Ao mesmo tempo, aborrecia-se por tomar este compromisso. Seria absolutamente necessário? Com o tempo, não se arrependeria, não ficaria assim agarrado a uma promessa idiota? Recorda-se então de certas palavras que lhe disse um dia a Maria Brenda: «Casar-me contigo, o homem para quem o futuro é mais importante do que o presente? Nunca! Desejo um homem que pense menos nos outros e mais em mim. Um homem que pense também nele próprio, que sonhe também com as vantagens que a República lhe poderá trazer...»

— Aceite, aceite... Não lhe desejo mal por...

— Quero que saiba, senhor Miguel... Quando a República vier teremos de continuar... Digo-lhe até, só tenho confiança em si e nos homens como o senhor. Os outros... Eu próprio talvez não seja de confiança, estou viciado por muitas coisas, sujeito a tentações... Mas o senhor há-de vencer, os seus filhos, os seus netos hão-de vencer, pois precisamos de um mundo novo, limpo... — Dissera estas palavras com um certo mal-estar, não porque fossem falsas, mas sim indecorosas. Oferecer àquele homem um futuro para quando estivesse debaixo da terra envergonhava-o. Sentia-se precisamente igual aos padres, que também pedem aos homens que morram primeiro para serem felizes depois. Envergonhado, pois é sempre fácil falar assim, prometer o futuro, adiar a felicidade com palavras mansas.

— Às vezes tenho vergonha de estar aqui contigo, Maria Brenda.

— Vergonha? — Maria Brenda lembra-se de que nessa manhã foi visitar os tios. A mãe costumava dizer-lhe que devia ir vê-los mais vezes, pois não tinham filhos e eram ricos. Quem sabe? Se ela fosse regando o canteiro, talvez lhe deixassem a fortuna.

— Sim, vergonha porque és bonita, vergonha porque tens saúde, porque és a calma, a poesia, o amor... Vergonha porque representas a harmonia do mundo... E não é porque me pertenças, visto que não me pertences. Mas eu posso ficar contigo, recolher a felicidade que está a teu lado. — Pensa naquela mulher assassinada em Vila Franca pelo marido, pensa nas mulheres com quem falou nesse dia, pensa no marido, na sua indiferença total pelo que fez e pelo que lhe estava a acontecer. — E isso é injusto, é injusto...

De repente ela diz:

— Ouve... Uma pergunta... Tens a certeza de que serás capaz, se isso for necessário, de arriscar a vida? Supõe que havia uma revolução, essa revolução que desejas... Tens a certeza de que não fugias?

— Talvez fugisse, talvez no dia exacto venha a fugir... É um risco.

— Se a polícia te prender, te torturar para saber alguma coisa, resistirás?

— Nunca experimentei...

— Não sujeitas os teus amigos a um risco gravíssimo? Não tens a certeza de não falar... Portanto, és um perigo potencial terrível, um perigo maior do que eu, pois nada sei e portanto nada posso confessar...

— Quem te disse que sabia alguma coisa?

— Vasco! Tu és como eu, duvidas como eu.

— Não, não... Não duvido, ou melhor: não duvidar, só os parvos. Duvido mas não me basta duvidar, e o trabalho devolve-me a fé. — Embora sincero, sente o rosto em fogo, como se tivesse vergonha de ser assim. O receio de que Maria Brenda o ache ridículo?

Então ela diz:

— Quando estás sozinho comigo és mais amável... No outro dia acusaste-me, diante do meu pai, de não querer modificações, de estar interessada em defender privilégios... Foste injusto! Porque me atacas sempre que tens público, porque me compreendes apenas quando estás sozinho comigo?

— Que tu duvides diante de mim pouco me importa. Eu também tenho as minhas hesitações, mas esmago-as. — Num gesto quase irreflectido pega no queixo de Maria Brenda, para lhe ver melhor os olhos à claridade. — Sou invulnerável, nada me impedirá de lutar para destruir este regime imbecil... Mas dizeres essas coisas diante dos outros! Isso não, Maria Brenda! Não há tempo a perder com problemas inúteis...

— É inútil conversar sobre Debussy?

Vasco hesitou.

— Quem marchará ao som da música de Debussy para construir um mundo novo? — Após uma pausa: — Talvez um dia, quando o mundo novo estiver construído... Então haverá tempo para as coisas inúteis, para as coisas belas.

— Empobreces o mundo...

— O mundo é muito pobre para que eu possa empobrecê-lo, Maria Brenda. Como sabes, é precisamente o contrário, procuro enriquecê-lo.

— Nunca mais desenhaste?

Ele não responde, ela não insistiu. Voltou atrás:

— És invulnerável... Pensas que só tu és invulnerável? Pensas que os outros são vulneráveis? — Olha para a varanda, lá em cima: o pai lê enquanto a mãe costura. — Que orgulho! Se fosses religioso, estarias em pecado mortal... — Não tivesse Maria Brenda acrescentado esta última frase e sobriamente ficasse em «que orgulho!», conseguiria uma vitória, faltaria a Vasco a presença de espírito suficiente para vencer a humilhação. Mas falara demais e Vasco aproveitou-lhe a deixa, conseguiu agarrar-se de novo à borda do barco:

— Não sou religioso... — Maria Brenda poderia ter-lhe batido com um remo nas mãos, não o ter deixado subir, mas deixou-lhe a vitória. Como Vasco não apreciava o humor, não quis desgostá-lo; sentia-se feliz, desejava ser generosa com toda a gente. Vasco sacudia a água do fato, tirava o casaco, espremia as mangas:

— Todos somos vulneráveis, mas há quem procure não o ser. — Se tentasse beijar-lhe o seio, ela teria permitido, e somente para não o contrariar. Somente?

— Espera, Vasco. Que havemos de destruir nesta nossa civilização? Que havemos de construir? — Estavam sentados havia mais de meia hora, ela sentiu necessidade de se levantar, mas continuou sentada.

Vasco encolhe os ombros e ela não insiste. Olham outra vez para a varanda, lá em cima.

— Os teus pais... — diz Vasco.

— São eles que devemos destruir?

— Não, estava apenas a dizer-te que estão lá em cima.

Maria Brenda levanta-se, apalpa um limão esverdeado, rugoso e solitário. Vira-se para o pai, grita:

— Já tem um pontinho amarelo! Um dia destes está maduro!

Alexandre inclina a cabeça várias vezes, a mãe levanta os olhos das meias que está a passajar.

— Que disse ela? — pergunta.

— Que o limão ainda está verde. — Uma tarde morna de Inverno, um sol brando, um desses dias em que apetece viver. A quem apetece. Tolamente, inesperadamente, Alexandre diz: — A quem te queixas tu do teu destino? — Fica a observá-la, Carlota que não levanta os olhos da costura. — Quando te queixarás? Quando dirás que me sacrificaste a tua vida? Nunca?

Carlota enfia o ovo noutra meia. Foge à pergunta, mas fala:

— Qual destino? — Estica melhor a meia de encontro ao ovo. — Imagina como estão estas peúgas do Libório! — O filho da criada: piedosamente, caridosamente, Carlota trata das meias do filho da criada.

— Qual destino? O teu, pois qual havia de ser?

Carlota ergue a cabeça, suspende por instantes o movimento da agulha.

— Nada me falta. A comida, a roupa...

— Basta isso para nada te faltar?

Imitando Maria Brenda, Vasco levanta-se do banco de pedra. Passeiam os dois lentamente dum lado para o outro, ambos de cabeça baixa, ela afastando com a biqueira dos sapatos os seixos mais redondos.

— Não quererás casar comigo? — pergunta Vasco.

— Não. — Poderia ter dito sim, mas disse não.

— E no entanto houve um momento em que julguei que gostavas de mim... — Tinha voltado a cair à água.

Ela estendeu-lhe a mão:

— Gosto.

Repetiu:

— Não quererás casar comigo?

Maria Brenda retira a mão, deixa-o mergulhar outra vez, está de novo junto do limoeiro, pega numa folha, mete-a na boca, fala sem descerrar os dentes:

— Contigo, o homem para quem o futuro é mais importante do que o presente? Nunca! — Cuspiu a folha e acrescentou (se sinceramente ou não ela própria ignorava): — Desejo um homem que pense menos nos outros e mais em mim. Um homem que pense também nele próprio, que sonhe também com as vantagens que a República lhe poderá trazer... Não me casarei contigo... — Vasco desviou os olhos, Maria Brenda foi em auxílio dele, brinca: — Mas estás todo molhado...

— Sim — disse Vasco, sacudindo o casaco. E sorriu.

Lá em cima os pais da Maria Brenda eram trinta anos mais velhos. Trinta anos, trinta anos, alguns anos mais do que os vinte que ela já viveu. «Saberão o que estamos a dizer?»

— Não és feliz, Carlota.

— Porquê? Que seria necessário em teu entender para que fosse feliz?

— Não estares casada comigo, eu não ser o que sou...

— Só?

— Se eu não fosse o que sou, achas que podias ser feliz comigo? — diz Vasco.

— Creio que somos felizes, Alexandre. Com a nossa idade e a termos destas conversas! Com a nossa idade estas coisas já não se dizem, ter-se-ão dito, quando muito! — Pausa. — A infelicidade é minha ou é tua?

Alexandre Soares desejava que a Maria Carlota lhe respondesse «sou feliz», respondesse convictamente, sorrisse, deixasse a costura, se aproximasse dele, lhe desse um beijo na testa, murmurasse: «Gosto de ti, pois tu duvidas?»

Carlota continua:

— Percebo! Estás a falar de ti próprio, da infelicidade que tiveste, da vida que levas. Estás a queixar-te... — Com voz dura (mas não tinha a intenção de ser dura), um rosto eternamente debruçado sobre a meia. — Quem te disse que serias mais feliz se pudesses andar e até se fosses ministro? Como sabes se não seria uma felicidade a infelicidade que tiveste? Deus escolherá aqueles que sofrem, se eles souberem sofrer.

«Que entendes por saber sofrer?», pensa Alexandre. Diz:

— Foi uma escolha inútil. Não creio n'Ele.

— Se um dia nos casarmos, seremos um casal que não discute? — Maria Brenda percebera, ou julgara perceber, que seus pais estavam a discutir. Como de costume, de resto. A discutir mansamente.

— Se nos casarmos... — Vasco, perturbado com o «se» condicional. — Se nos casarmos... Mas pensamos nós em casar? Amamo-nos? — Este «amamo-nos?» quer dizer «amas-me?»

— Ah, que importa que não nos amemos, os homens e as mulheres precisam de amor para se casarem?

— Para que se casariam então?

Maria Brenda não sabe. Mesmo que julgasse saber, não poderia saber. Neste momento não conhece ainda Bernardo Lória, ou melhor, já conversou com ele sob a protecção duma prudente mascarilha ou do telefone, mas nunca mais o viu, de certo modo ignora quem é. A curiosidade aguça-lhe o espírito, mas como pode Maria Brenda adivinhar que dentro de dois anos será ele o seu marido? Decerto, nem ela nem Vasco combinaram jamais o futuro, quando muito brincaram ao futuro e disseram palavras de amor com o tom sorridente de quem o imagina muito longe (e acha bem que esteja longe, sinal de que a mocidade resiste) — embora tudo suceda como se o destino os encaminhasse um para o outro e eles saibam e apenas adiem esse momento por um certo desejo de jogo, mais dela do que dele, o desejo de prolongarem uma situação bela em si mesma. Não: eles desconhecem o que se passa, estão a deixar escapar os dias, a permitir que Bernardo Lória apareça, ganhe o tempo perdido por ter vindo tão tarde, quando Vasco e Maria Brenda já se conheciam há muito, e até poderiam estar casados, ter filhos. Bernardo Lória, com o qual, dentro de poucos meses, ela, que hoje ainda mal o conhece, travará o seguinte diálogo:

— Mas se tens dúvidas, porque não atiras uma moeda ao ar? — Será Bernardo quem dirá estas palavras.

— E tu aceitas...

— Porque não?

— O teu orgulho não se dói? Seja como for, nunca poderás então dizer que me conquistaste... Poderias apenas dizer que tiveste sorte!

— Dizer... Dizer a mim, dizer aos outros?

— A ti, aos outros...

— Que quer dizer conquistar uma mulher, Maria Brenda? Foi já o acaso que me permitiu conhecer-te. O acaso que me fez nascer em Lisboa e não em Tóquio. O acaso que me fez nascer a mim e não a um irmão meu, eram tão poucas as probabilidades de ser precisamente eu a nascer e não outro... Uma contra milhões! O acaso que preparou as circunstâncias em que eu te conheci e que podia não as ter preparado. Imagina que um de nós tinha gripe nesse dia... O acaso que nos levou a simpatizar um com o outro. Se eu tivesse um furúnculo na cara, terias conversado comigo? Que importa, Maria Brenda, um pouco mais de acaso nesta correnteza de acasos?

— Talvez assim seja... Não é assim, sei que não é assim, e se quisesse discutir podia discutir, objectar-te muitas coisas... Mas não tenho paciência para discutir. Agora que a Monarquia caiu, deixemos que sejam só os chefes republicanos a discutir, que nos enjoem com discussões sem fim.

— Ah, esta vossa admirável República... — comentará Bernardo com um sorriso.

Vasco, hoje:

— Quantas vezes te disse, Maria Brenda? É certo, não creio ou quase não creio nos chefes republicanos... Mas são um momento da história, compreendes? Num país atrasado como o nosso eles ainda são necessários... Temos de derrubar a Monarquia... Só depois de consolidada a República é que...

— Ouve, Bernardo — dirá a Maria Brenda —, e a ilusão? Podes prescindir da ilusão, poderemos prescindir da ilusão e acreditar apenas numa moeda atirada ao ar?

— Saber que o acaso presidiu ao teu nascimento tira-te as ilusões?

— É diferente...

— Não tenho ilusões, Maria Brenda.

— Que tolice! Não se pode viver sem ilusões! Se não as tivéssemos, já estaríamos mortos há muito tempo.

— Mesmo sem ilusões estaríamos vivos, Maria Brenda. Estaríamos. Estamos...

— Não...

— Sim, nunca te queixaste — diz hoje o Alexandre. — Mas que é o futuro para ti? Quando me vês amarrado a esta cadeira que é que pensas?

— Porque hás-de ficar sempre amarrado a essa cadeira?

— Não me digas que crês num milagre...

— Acreditas verdadeiramente, Vasco? Podes ter ilusões? Já não digo nos chefes republicanos. Mas atreves-te a ter ilusões nos filhos deles? Escravizar-nos-ão.

— Se os deixarmos, se não soubermos lutar, se perdermos as ilusões.

Bernardo:

— Não tenho ilusões, Maria Brenda. Ou talvez... Direi antes: não acredito que o nosso casamento possa dar-nos a felicidade. Mas apesar de tudo... Ouve: para mim és a única saída. Se eu tiver de ser feliz, só tu... Ou então poderei dizer-te: tu não serás a felicidade, a vida plena... Mas dar-me-ás alguns breves momentos de felicidade. Já mos deste, porque não hás-de continuar a dar...? — Maria Brenda olhará para ele com a sensação de que já ouviu aquelas mesmas palavras. Onde? Quando? A quem?

Vasco, hoje:

— Sim, não serás a felicidade, a vida plena... Mas dar-me-ás alguns breves instantes de felicidade. Já mos deste, porque não hás-de continuar a dar?

Maria Brenda:

— E quantos momentos de infelicidade?

— E quantos momentos de infelicidade? — Maria Brenda, daqui a alguns meses, com a sensação estranha de que já disse tais palavras. Mas decerto não as disse, pensa, é uma falsa memória.

— Ó ingénua Maria Brenda! — Bernardo Lória que falara sentado exactamente por baixo do Memling, Bernardo Lória que se debruça para pegar num copo de genebra poisado no chão. — Mas que pode interessar a um ser humano que alguém lhe dê momentos de infelicidade? Que me importa que me dês momentos de infelicidade se eu não deixarei de os ter mesmo sem ti?

— Pergunto-me se estamos a falar a sério, se estas palavras têm algum significado... Acreditamos nelas?

— Se quiseres chama-lhes amor... Certos apaixonados amam-se dizendo que se amam. Talvez nós nos amemos dizendo que não nos amamos. Mas aceitas os riscos, aceitas a escolha da moeda atirada ao ar como aceitaste — procurou dar um tom meio cómico meio professoral à frase — os cromossomas que fizeram de ti quem és e não uma tua irmã?

— E tu? — Sem saber porquê desvia os olhos para os cisnes azuis do Memling, para esses animais de perfil, estranhos e imóveis, eternamente jovens e azuis.

— Aceito.

— Não é um crime contra nem sei o quê, contra o próprio homem, esta fuga às decisões?

— Contra uma certa concepção do homem... Mas se estiver errada?

Maria Brenda abandona os cisnes, recua a vista para o primeiro plano, desafia os olhos do moço do gorro, fica a observar a moeda de oiro que ele tem na mão. Acabará por atirá-la ao ar?

Não sabem o futuro e ainda bem, porque, se o soubessem, a vida teria para eles muito menos interesse, Vasco desistiria de conquistar a Maria Brenda e ela não hesitaria mais, pois já não valeria a pena, o próprio Bernardo Lória talvez se sentasse na cadeira em que, de resto, estará sentado no momento em que falarem de atirar a moeda ao ar, e, tal como Alexandre, aguardasse o futuro. Assim, entre este momento e esse último (que não é o último afinal, Maria Brenda há-de viver até 1962) todos os diálogos entre Vasco e Maria Brenda vão ser inúteis, pelo menos do ponto de vista das enciclopédias (registadoras somente de factos concretos) que se limitarão a dizer, se ela vier a ser uma grande actriz: «Casou-se com Bernardo Lória em Novembro de 1911, com Anselmo Reis em 1922.» Sobre Vasco Miroto, nem uma palavra.

E nem sobre ela, afinal, pois Maria Brenda (Lisboa 1890 – Cascais 1962) nunca chegará a ser uma grande actriz.

5

A mãe insistiu: «São ricos, não têm filhos, se tu os visitares, se fores amável, talvez te deixem tudo...» A herança futura e incerta dos tios compensará o esforço gasto em visitá-los, em manter com eles uma conversa durante uma tarde inteira e outra e outra...? Raras vezes Maria Brenda pensa que sim. Não é bem isso: pensar, ela sempre pensa. Raras são as vezes em que vence a preguiça... Porque Maria Brenda não é indiferente ao dinheiro, quem pode ser indiferente ao dinheiro? («Daqui a muitos anos talvez te arrependas do abandono em que os deixaste. Comentarás: um pouco mais de sacrifício na tua juventude e viverias hoje perfeitamente calma, perfeitamente independente, livre, serias cruel ou generosa com quem quisesses.») Eles são tão ricos! Até poderiam morrer já... Que adianta ao mundo mais tio menos tio? («Maria Brenda, será possível que penses coisas dessas?») Não. É que, verdadeiramente, quase não acredita que sejam vivos, que vivam por dentro, são apenas dois entre milhões de corpos sem alma com que a natureza encheu o mundo quando descobriu que já não tinha tempo para os completar. Sim, a maior parte dos homens que todos os dias vê estão incompletos, são só uma fachada, um rosto, um corpo para preencher um mundo demasiado vazio — como as flores de papel que enfeitam as jarras, quando não há flores autênticas. E assim como as flores de papel não morrem, estragam-se simplesmente e deitam-se fora, grande parte dos homens também não morrem, estragam-se. Os tios, porque não se estragam eles depressa?

Encontrou-os à saída de casa, iam dar uma volta de tipóia.

— Que ideia é essa de seres actriz? — A tia.

Não se atreve a discutir, tem de sofrer aquela tarde com humildade, regar o canteiro, e talvez um dia nasça para ela a árvore das laranjas de oiro. Mas a tia insiste:

— É uma brincadeira ou é a sério?

O tio Luís intervém, desvia a conversa, acabam por falar (Maria Brenda por ouvir) de médicos.

— Não sabem nada.

— Não se pode passar sem eles.

— São uma fatalidade.

Etc.

De repente, o tio Luís pergunta:

— Que pensas tu da vida?

Maria Brenda perturba-se. Nunca esperava aquela pergunta. Mas ele não parece interessado na resposta, basta-lhe expor a sua filosofia, já que a mulher obstinadamente se recusa a escutá-lo.

— Imagina, tu não podes compreender. — Aponta para uns novos edifícios de quatro andares. — Na minha infância não havia aqui um único prédio, mas campos, couves, galinhas, árvores. Lembro-me, lembro-me — continua docemente, após uma pausa, para melhor se recordar —, havia aqui um laranjal e depois da escola vinha com os meus companheiros... Roubávamos laranjas! — A tia tem um gesto de desagrado; pensa, evidentemente, que uma coisa daquelas nunca se deveria contar a ninguém. — O dono já sabia o nosso horário, punha-se à espreita, dava-nos cada corrida! Chamava-se Homero. Tinha um cão inofensivo chamado Aquiles. Não é estranho que se chamasse Aquiles? A cultura clássica nestes ermos! Uma vez caí. Torci um pé, tentei levantar-me e fugir, mas não podia andar. E o homem que se aproximava! Chorei, esperei o pior, a polícia, a fogueira... Na escola havia uns quadros históricos; um deles representava um auto-de-fé. Um cristão-novo a arder com uma grande «carocha» na cabeça, um verdadeiro horror. À noite não conseguia dormir a pensar nesse desgraçado. Mas o Aquiles lambeu-me as mãos e pôs-se a dar ao rabo, cheio de satisfação. E quando o homem chegou ao pé de mim... Imagina! Perguntou-me se me tinha magoado, levou-me para casa ao colo, a filha ligou-me o pé. Devia ter uns dezoito anos, pareceu-me bonita. Talvez se chamasse Ariana. O meu primeiro amor, aqui a tua tia Clara não se importa... Mas vês? Para mim foi uma grande lição. — Enfático. — Os homens são bons, todos os homens são bons...

Maria Brenda observa o tio Luís, o rosto macilento, ouve-o dizer que todos os homens são bons, pensa que, apesar de tudo, ele não é uma flor de papel, não pode ser uma flor de papel quem assim se recorda de ter roubado laranjas.

— Não digas isso... — A tia, flor de papel.

— São, são... — Mas cala-se para não contrariar a mulher.

— Também acho, tio Luís. — Apenas para contrariar a tia. De resto, teria ele procedido como procederam o Aquiles, o Homero e a Ariana?

— Nunca se sabe o que a mocidade pensa — continua o tio. Mas abandona esse tema e volta-se para a tia Clara. — Chegaste a mandar aquela fruta à Carlota? — Inclinado para a Maria Brenda, explica: — Recebemos uns cabazes lá da aldeia, não comemos tudo...

— E mesmo que comêssemos — diz a tia.

— Para que estão a incomodar-se? — Maria Brenda.

— Não é incómodo nenhum. — E de novo: — Pois é. Que pensas da vida?

A fim de responder alguma coisa, mas sem saber bem o que desejava o tio, arrisca:

— Que hei-de pensar? Que se vai vivendo.

— Mas com alegria? — A velha tese de que é preciso ter alegria, não obstante o ar profundamente triste que é o seu. — Sem alegria não há vida. Vejo aí uma mocidade sem alegria, sem...

— Com alegria — diz Maria Brenda para lhe ser agradável.

— Ainda bem! — exclama o tio satisfeito, mas incrédulo.

Maria Brenda abre o saquinho de mão e tira o lenço, fingindo assoar-se. Na realidade, procura esconder o cheiro a cavalo que empesta a tipóia.

Nostálgico:

— Onde estão hoje as hortas, as laranjas, as galinhas?

Maria Brenda gostaria de responder: no papo do Homero. Mas a verdade é que o próprio Homero também já estava no papo da terra.

— Tudo isso desapareceu. Prédios, prédios.... Centenas de pessoas nestes prédios. Centenas? Talvez milhares... — Avalia por alto, de cabeça. — Sim, centenas... — Talvez lhe faltasse o conceito lapidar, definitivo, pois volta atrás e repete: — Mas os homens são bons, todos os homens são bons... — E acrescenta: — Tudo se renova. — Descobriu o conceito: — A vida é uma eterna transformação em que todas as coisas se sucedem umas às outras, em que tudo se multiplica, se renova, se embeleza... — Palavras a contradizerem os hábitos do tio Luís, que nunca aderira ao automóvel, nem às ideias republicanas, que nunca admitira o gás lá em casa, e no entanto sinceras, sinceras, pelo menos, como palavras (e era através das palavras que o tio Luís, como toda a gente, sentia e pensava). — Tudo arde numa constante transformação, num constante embelezamento!

A tia Clara interrompe-lhe o discurso, a tipóia acaba de entrar na Rua do Salitre, a rua da Maria Brenda.

— Continuas a andar com esse teu amigo jornalista?

— A andar como...?

— Não sei, a andar.

— Sim, conheço-o.

— Uma constante renovação em que das próprias cinzas purificadas...

— Não simpatizo com ele, nunca simpatizei com ele.

— Porquê, se o não conhece?

— Vi-o uma vez em casa do teu pai.

— E podemos ter a certeza de que, ao cabo dos séculos, seremos enfim todos irmãos, todos amigos, o rico e o pobre...

O carro parou. O cocheiro não diz nada, fica a olhar com aparente indiferença para uma janela. Sim, o tio morrerá, será levado num caixão. Mas a tia Clara? Ir-se-á apenas estragando até que um dia alguém, vendo-a tão desbotada e seca, a atire fora para o caixote do lixo?

— O padre Navas tem aparecido?

— Sim, de vez em quando... — Maria Brenda.

— Nunca gostei dele...

Maria Brenda desvia o olhar. Quê? Desconfiará a tia de alguma coisa? Não, é a tia que não gosta de ninguém. Salvo da família.

— Não querem subir?

— Não temos tempo... — responde a tia Clara, impedindo o tio Luís de aceitar o convite. E Maria Brenda lembra-se de que a tia não os visita há mais de um mês. Porque não quer encontrar-se com a mãe?

— Há quanto tempo não vão lá a casa!

— Ainda antes de ontem — responde o tio. Mas o tio sozinho, não a tia.

— E a tua mãe? Há quanto tempo não me vem ver? Sempre sou a mais velha...

Maria Brenda desce com a sensação de que alguma coisa se passa, é muito estranho que a mãe se zangue com a tia Clara — com a tia Clara e a árvore das laranjas de oiro.

O chicote sobe no ar, estala, a tipóia arranca. Parada no passeio («Eu não serei uma flor de papel?»), Maria Brenda fica a vê-la afastar-se, descobre que está pintadinha de novo, descobre que não era o cheiro dos cavalos que a incomodava, mas o cheiro da tinta fresca. Agita a mão num adeus ritual e vazio.

— Desculpe-me... — Uma voz desconhecida e inesperada, esperada e conhecida.

Volta-se, hesita, tem na sua frente Bernardo Lória.

— Não o conheço... — diz, e procura a chave na bolsinha. Havia semanas que esperava por aquele instante.

— Porque diz que não me conhece? — Tirou do bolso a luva perdida por Maria Brenda ao cair da meia-noite. — Deixa-me experimentar...?

Ela estende a mão em silêncio. Seria Bernardo Lória uma flor de papel? Não, com certeza.

— Vê que se engana, que essa luva não é minha? — Bernardo é desajeitado, Maria Brenda não o ajuda, e há sempre um ou dois dedos que ficam de fora.

— Vê que se engana? A luva não é minha...

— É, eu sei — diz ele. — Quantas vezes me telefonou?

— Eu?

A verdade: três dias depois do baile, Maria Brenda, defendida já não pela mascarilha, mas pelo telefone, ligou para *Lória, Bernardo*. — «Ah! — respondeu ele. — Julguei que me tivesse esquecido...» — «Como? — retorquiu ela. — Pois não é certo que nos amamos, não me deste um ramo de violetas?» Ele desligou o telefone.

— Eu não lhe disse que havia de descobri-la?

Maria Brenda calça a luva. Bernardo afasta-se um instante, simula falar com alguém no passeio deserto. Tira dinheiro da carteira, estende a mão, finge que recolhe em troca qualquer coisa, com a mão à frente do peito avança lentamente para Maria Brenda. Estende-lhe a mão vazia.

— São suas.

— Minhas? — Maria Brenda recebe o ramo de violetas, diz: — Agora vá-se embora.

— Para perguntar depois porque me fui embora? Não, diga antes: já?

— Experimentou a luva com muitas raparigas antes de me encontrar?

— Sim, muitas... Corri Ceca e Meca, atravessei a Europa, visitei a corte do Grão-Mogol em Xanadu, estive no Japão... Nenhuma princesa... — Toma um ar sério. — O Mosa não me quis dizer nada, mas deu-me uma lista com vinte nomes possíveis...

— Levou todo este tempo a investigar?

— Dia e noite...

— Pergunto a sério!

— Descobri-a há muito tempo, já sabia quem era quando recebi o seu segundo telefonema.

— Quer humilhar-me. Nunca lhe telefonei, foi outra.

— Foi você.

Bernardo vestia um fato cinzento, Maria Brenda interrogou-se: quantos fatos teria ele? Que idade teria ele? Que livros preferia ele? Lembrou-se de certo dia em que Vasco lhe disse: «Vou comprar um fato. Que cor preferes?» Também ontem ouviu o pai dizer: «Falta-me aqui um botão.» Um botão, um botão... No sofá de coiro do escritório também falta um botão.

— Porque demorou tanto tempo?

— Quis obrigá-la a esperar.

Maria Brenda não responde. Pergunta:

— Deu logo comigo? — Vasco acabara por mandar fazer um fato castanho.

— Foi a quarta, das verdadeiramente possíveis. Duas delas eram mais baixas, a outra mais alta... — Repetiu: — Agradava-me pensar que a Maria Brenda estava à minha espera. — Olha-a bem nos olhos, «é esta a linguagem que tu preferes, tu gostas de ousadia», vê-a tirar um lenço, levá-lo ao nariz, ela olha-o também, «deverei responder-te que não estava à tua espera, que tu me és indiferente, que no fundo estou a pregar-te uma partida, que gosto de Vasco?», põe o lenço no bolso.

Maria Brenda dera a entender a Vasco que talvez fosse buscá-lo ao jornal, mas neste instante já sabe que não vai ter com ele. Que os seus encontros com o Vasco têm sempre o sabor de uma coisa bem conhecida —, seria um encontro triste, em que falariam desesperadamente do futuro e do presente, do presente e do futuro, da felicidade e da revolução, da revolução e da felicidade. Da felicidade e do futuro. Da revolução e do presente. Olha para Bernardo (que homem és tu?). Apenas um rosto, um corpo sem nada por dentro, uma fachada, uma flor de papel para guarnecer o mundo?

— Cheguei a dizer-lhe que tinha um Memling? Venha vê-lo...

Não se encontrou com o Vasco e, embora não fosse ver o Memling, passearam o resto da tarde. Bernardo tinha uma série de fatos quase incontável. Gostava de Mallarmé (Maria Brenda não conhecia Mallarmé, ele prometeu emprestar-lhe um livro), estivera em Paris e em Londres (nem em Paris nem em Londres ela estivera), tinha perto da Régua uma casa com vista sobre o Douro, matara a mãe ao nascer, o pai morreu dois meses depois. «De desgosto?» De desgosto. Por vezes Maria Brenda deixa de escutar (Vivi com um tio solteiro durante muitos anos e viajei com ele, ele era o que se pode chamar um homem do mundo, mas tu pareces distraída, Maria Brenda, dir-se-á que não ouves, tenho uma irmã casada no Porto. Vejo-a raras vezes, é uma das poucas coisas que verdadeiramente me enche de alegria), lembra-se de Vasco. Em que pensará Vasco neste momento?

Em nada, ficará simplesmente mal disposto. Inesperadamente fora mandado entrevistar um político francês que chegava nessa tarde; e saíra mais cedo, deleitando-se com a ideia de que Maria Brenda viria atrasada três quartos de hora e que ficaria furiosa por já não o encontrar.

Depois esperara que lhe telefonasse para o restaurante onde costumava comer, prolongara a sobremesa, mas ela não telefonou.

Ele também não. Subiu a Avenida Dona Amélia a pé e subitamente lembrou-se de que deixara no jornal uns apontamentos que lhe seriam muito úteis para trabalhar em casa antes de se deitar. Era pena, mas paciência, estava cansado, poderia ler, adormeceria cedo. De repente, sentiu que o coração lhe deu um estalo. E sem saber porquê disse em voz baixa: Que hei-de fazer? Cansaço, pensou. E ao subir as escadas, mesmo no escuro e com o fósforo aceso quase a queimar-lhe as pontas dos dedos, pensou na Dona Alzira. Reviu-a: ainda fresca, embora com certa tendência para engordar. As mulheres magras para amar com pureza, as fortes para amar na cama — diz em voz baixa.

Irá à sala de jantar, fingindo-se com sede. A Dona Alzira estaria, decerto, a ler *O Século*.

— Sempre em casa — dirá, amável. — Porque não sai? — E depois: — Um copinho de água...

Admirada com aquele súbito interesse, a Dona Alzira desculpa-se:

— A lida da casa, quem ma há-de fazer? — Abre o aparador, tira um copo.

— Precisa de se distrair, a senhora é uma mulher nova... Não se incomode, eu encho... — apressar-se-á a dizer, estendendo o braço para a jarra de água.

— Nova, eu? Deixe, deixe... — Estará mais perto, deita-lhe a água no copo.

— Não sei se deva dizer — há-de ele começar, fingindo-se tão tímido como de facto é. Deixará a frase em suspenso. Um sorriso íntimo.

— Diga. — Dona Alzira a animá-lo. Os tornozelos quase maciços, desagradáveis, o *robe* esfiampado no busto, os olhos escuros. A partida estava ganha — pensa. (A «partida»: uma mulher com quem dormir, uma mulher que durma com ele. Meigamente.) De súbito deixará de ter pressa. Fazer-me rogado, deixá-la na dúvida...

— Porque não cuida a Dona Alzira da sua *toilette*? Com essa idade as mulheres gostam de vestidos bonitos...

Estas palavras perturbam-na ainda mais. Teria esperado tudo, um convite para se deitar com ele, mas nunca uma gentileza. Aquela frase sugeria-lhe carinho, atenção... E a velha esperança: Deus não pode tê-la esquecido... E o dia virá — tem a certeza — em que finalmente a sua vida há-de transformar-se. Não! Em que finalmente a sua vida há-de começar!

— Desde que morreu o meu marido... Para quê se ninguém olha para mim, se passo os dias em casa? — Não. Porque havia Deus de se interessar por ela?

— Porque passa os dias em casa? Porque não se despacha mais depressa, porque não sai à rua? — Dir-lhe-á boa noite, deixá-la-á a sonhar com aquelas palavras.

Maria Brenda ainda tem tempo, faltam duas horas para o jantar de Vasco, poderá telefonar-lhe, combiará encontrar-se com ele. Então ele não irá tão cedo para casa, então ele não procurará a Dona Alzira — e todo aquele diálogo, já feito para eles declamarem, não chegará a ser declamado.

Agora, duas horas antes do telefonema (que se realizará ou não):

— Para lhe falar com franqueza, quando nos encontrámos em casa do Miguel Mosa eu já a conhecia.

— A mim?

— Quero dizer, sabia quem era. — Deverei dizer-te a verdade?

— Ah, porque estraga tudo? Não vê? O que havia de belo nesta história era...

Bernardo corta-lhe a palavra:

— O que havia de belo nesta história era eu já saber quem era a Maria Brenda e querer conhecê-la.

— Não. Eu preferia que mantivéssemos as máscaras, que não soubéssemos nada um do outro ou que tudo quanto soubéssemos fosse falso.

— Julga então que a mentira é mais bela do que a verdade? — Deverei mentir-te?

Dias depois, Maria Brenda pergunta-lhe:

— Mas porque é que me quis conhecer?

— Que quer que lhe diga... Achei que poderia ter interesse conhecê-la.

— E tem?

Bernardo sorri maliciosamente:

— Espero que sim, não estou ainda seguro... — Observa-a com atenção. Fala-lhe propositadamente deste modo, gosta de vê-la apreensiva, sacode um cisco do fato azul.

Maria Brenda muda de conversa, começa a falar de livros, inconscientemente procura valorizar-se. E uma semana adiante não resiste e pergunta:

— Já tem a certeza?

Bernardo diz:

— Não compreende que me deve esconder os seus receios? Não compreende que está a dar-me um trunfo de primeira ordem? — Espera pela resposta de Maria Brenda, quem imaginarás tu que eu sou?, mas ela desvia os olhos. — Porque não contra-ataca? Porque não procura colocar-me numa posição de inferioridade? Por exemplo: finja apaixonar-se por mim para que eu ganhe coragem e lhe diga que gosto de si. E nessa altura esmaga-me com uma gargalhada...

— Experimente...

— Gosto de si. — Bernardo virá a suicidar-se daí a um ano e pouco, mas como poderia sabê-lo?

Maria Brenda dá uma gargalhada. Frouxa.

Bernardo Lória enfia-lhe a mão no braço.

— Estamos a brincar — diz. — Mas agora a sério: porque não aproveita a minha perturbação? Não compreende que eu também estou receoso? Vou dar-lhe um trunfo, e que trunfo! Ouça: ao fim destas três semanas que pensa de mim?

— Interessa-lhe saber?

— Devo dizer que não?

— Troca por troca... Eu digo, você diz... — Pausa. — Esta conversa não é idiota?

— É, mas não tem importância que seja. Estávamos bem arranjados se nos preocupássemos com isso de não ser idiotas!

— Ao menos podíamos ser naturais.

— Não foi você que pediu as máscaras, que se escondeu atrás do telefone?

— Pergunto-me se não estou a enganar um amigo meu... Não que seja uma coisa decidida, mas as outras pessoas pensam, de certo modo, que nos havemos de casar.

— Diz isso como se não gostasse dele. — Não gostas então do Vasco?

— Gosto. É por isso que tenho medo de o enganar.

— Não compreendo... Nada está decidido entre vós, nada está decidido entre nós...

— Pois não. Mas o que descobri em mim foi uma coisa nova que me preocupa. O prazer que tenho em falar consigo não é tanto pelo interesse da conversa, pelo meu interesse por si. O interesse é haver nestes nossos encontros à luz do dia uma certa clandestinidade. Compreende? Mais grave ainda, é que eu, embora conhecendo-o mal, muito menos que ao Vasco, seja capaz de lhe confessar coisas que a mim própria me deixam espantada... Sou mais sincera consigo do que com ele, sou mais sincera consigo do que comigo.

— Cuidado! — grita Bernardo. Honestamente defendia Maria Brenda contra si própria. — Não me dê trunfos...

— Não lhe dou trunfo nenhum. Não gosto de si. Não gosto de si, é desta clandestinidade...

No tal dia, três semanas antes, o tal dia em que Maria Brenda esteve para não telefonar ao Vasco, sempre acabou por lhe telefonar.

E portanto ele não foi tão cedo para casa, portanto não procurou a Dona Alzira e o tal diálogo, já feito para eles declamarem, não chegou a ser declamado. Mas hoje (as tais três semanas depois) tinham combinado encontrar-se, não se encontraram, foi com Bernardo que ela se encontrou. Depois, à hora de jantar, não lhe telefona. Ele também não: subiu a Avenida Dona Amélia a pé, de repente pensou na Dona Alzira... Situado em que região do tempo? O diálogo estava apenas adiado, estava feito para eles o declamarem.

Declamaram-no.

6

Quem sabe? Talvez o António Navas tenha razão, talvez Alexandre Soares esteja moralmente obrigado a fazer qualquer coisa. Talvez escrevendo recupere as pernas que lhe faltam, regresse de súbito à cidade que se esconde para além das paredes. Talvez.

Com esse objectivo põe sobre os joelhos um livro a servir de mesa e sobre o livro um caderno já começado. Escreve: «Quantas foram exactamente as ideias que instilei no espírito da Maria Brenda, aquelas de que sou responsável, aquelas que são minhas? E quais as que não me pertencem, as que se apossaram dela contra os meus desejos e a minha pedagogia, as que eu teria evitado, se pudesse?» Pouco depois do almoço, Maria Brenda fora ter com ele. Começara por lhe pedir um livro e sentira (como sempre sente) que o escritório do pai está morto. Morto em que sentido? Morto, pois Maria Brenda conheceu-o sempre assim, com aqueles móveis sempre nos mesmos sítios. Não é bem isso: morto, pois nem o pai nem a mãe sentiam necessidade de transformá-lo, de alterar a posição da secretária ou da estante — como se já não valesse a pena. E o que significa pensarem duas pessoas de alguma coisa que lhes diz respeito, com amor escolhida por elas no passado, que já não vale a pena? Que tudo morreu, nada mais se renovará, e só resta esperar — quase com alegria — pelo dia em que a morte entre pela janela.

Que só uma ambição resiste: que ela entre pé-ante-pé, inesperada e doce, branda, sem sofrimento, durante o sono.

Alexandre Soares esquecera-se da filha, observava através dos vidros da estante as lombadas dos livros ainda por encadernar: um, dois, três... Renan, Le Dantec, Spencer...

— O Bernardo Lória quer casar comigo — diz Maria Brenda, sentando-se, cruzando as mãos sobre os joelhos.

Alexandre não simpatiza com Bernardo, conhecera-o uma semana antes, mas que há-de fazer? Frases como esta: que pensasse bem, mas, em última análise, era a ela que competia decidir...

— Eu sei, eu sei — concorda a filha, quase com raiva. Levanta--se, vira as costas ao pai, fica um longo momento com a testa encostada à vidraça, espreita para a rua: um velhote que empurra um carrinho cheio de embrulhos, uma rapariga muito alta parada no meio do passeio e a olhar para trás, atenta a qualquer coisa que Maria Brenda não pode ver. Atenta a quê? Mas não abre a janela, a sua curiosidade não chega a tanto.

Alexandre recorda-se: uma vez — observava a filha no berço — Carlota dissera-lhe: «Quase todas as mães olham para as filhas e perguntam: que virá ela a ser?» Alexandre observa Maria Brenda (já saiu do berço, e está encostada à janela, e embacia os vidros com o hálito, e desenha depois com o dedo um perfil de mulher). Repete: «Que virá ela a ser?», pois a filha ainda não é ninguém, ainda não poderá responder àquela pergunta.

— E se eu me casasse? — Limpa a vidraça com a mão aberta, embacia-se de novo. — Teria a vida simplificada e é esse o meu desejo, pois sou profundamente egoísta. A não ser que os tios morram — acrescenta, e desenha uma árvore.

O pai finge não ouvir a última frase e pergunta:

— Não gostas dele?

Maria Brenda enche a copa da árvore com duas, três bolinhas. Laranjas ou maçãs? Responde:

— Toda a gente sabe: o amor acaba sempre por acabar... Quando muito, ao fim dos anos fica apenas a amizade, senão a indiferença. Digo bem? — esta pergunta é um ataque, uma tentativa de forçar o pai a responder: «Dizes.» Mas ele não responde (pergunta-se a si mesmo se aquelas bolinhas serão laranjas ou maçãs), ela prossegue: — No caso de Bernardo, eu começaria logo por onde geralmente se acaba, pela amizade. — Afasta-se da janela sem apagar a árvore, aproxima-se da jarra dos cravos, cheira-os, compõe-nos melhor, espera pelas palavras do pai. Depois: — Nasci para ser muito rica, que hei-de fazer?

— Não nasceste para ser rica, Maria Brenda. Ensinaram-te. Eu? Quem te ensinou que nasceste para ser rica? — Ajeita melhor a manta sobre as pernas (ofereceu-lha a Carlota); tem uma nódoa, nunca dera por ela.

— Ninguém. Fui eu que descobri. E se não casar com ele, dentro de dez anos estarei arrependida. — Pausa. — Fui eu que descobri. Acha-me demasiado nova para ser calculista, não? Calculista mas envergonhada, compreende, meu pai? — Na vidraça a árvore vai-se sumindo a pouco e pouco.

Bernardo, nessa manhã, quatro horas antes, quando se preparava para lhe propor casamento:

— Pessoas como tu, perturbam-me. Se fosses uma vítima, se vivesses na miséria, compreendia-te. Mas não. Os teus pais vivem razoavelmente e se houvesse qualquer transformação social, nem mesmo serias favorecida. Não ignoras, por outro lado, que os homens lutam inutilmente há milhares de anos. E sabes que a justiça é uma coisa vaga, praticamente irrealizável. Pessoas como tu, não posso compreendê-las. Combates porquê? — Uma pausa, um sorriso agressivo: — É porque te sentes falhada, é porque não conheces, não achas nada de positivo para realizar?

— Desejo ser actriz...

De súbito, quase como se fosse uma coisa inesperada e não uma coisa que se repete há tantas noites, um pano vermelho cai dois metros à frente de Maria Brenda, tapando-lhe a vista. Do lado de lá do pano vermelho: palmas, palmas, palmas.

De súbito, quase como se fosse uma coisa inesperada e não uma coisa que se repete há tantas noites, o pano vermelho desaparece, uma sala inteira surge para além dos dois metros à frente. Palmas, palmas, palmas.

Estranho mundo... Verdadeiramente já ninguém pode compreender a *Casa da Boneca* (Maria Brenda acaba de ser a Nora), como não pode compreender o *Prometeu Agrilhoado*, a *Antígona* mandada assassinar por Creonte, os *Tecelões* revoltando-se contra os patrões, e esmagados por eles. «Que se passa? — diz de si para si, enquanto lhe põem aos pés os ramos de flores. — Eu, eles, estamos já tão longe de tudo isto...»

De súbito, quase como se fosse uma coisa inesperada e não uma coisa que se repete há tantas noites, que se repetiu momentos antes, um pano vermelho ali à frente de Maria Brenda tapando-lhe a vista. Palmas, palmas, palmas.

«Que se passa para que continuemos a sofrer com a *Antígona* e o *Prometeu* (nós que jamais poderemos ser presos e assassinados por um tirano), com a Nora (nós que somos livres, que somos independentes), com os *Tecelões* (nós que não sabemos o que seja a fome)? Ah, talvez isto: ver estas obras que nos contam uma história tão longínqua e passada ajuda-nos a compreender o presente, a medir-lhe o valor, a defender se for necessário um mundo sem cadeias. Precisamente por já não ser a nossa história, ela revela-nos um pouco da nossa história.»

De súbito, quase como se fosse uma coisa inesperada e não uma coisa que se repete há tantas noites, que se repetiu noites atrás, o pano vermelho desaparece, uma sala inteira de homens livres surge adiante de Maria Brenda. Maria Brenda, sim, Maria Brenda, em

1998, uma Maria Brenda que não é a Maria Brenda (Lisboa, 1890 – Cascais, 1962), uma Maria Brenda (Lisboa, 1978 – Lisboa, 2073) que é bisneta dessa outra Maria Brenda.

E então, enquanto o pano sobe outra vez, ó Maria Brenda, bisneta de Maria Brenda, pensa nos tempos em que a *Antígona* e o *Prometeu*, a *Casa da Boneca* e os *Tecelões* não eram peças de teatro, eram a realidade. Esquece por um instante as flores e as palmas, deixa cair duas lágrimas sobre nós.

Bernardo não a ouviu («Desejo ser actriz...»), estavam à porta da casa dele, meteu a grossa chave na fechadura, fê-la rodar (pensando que precisa de azeite), empurrou a portinhola inserta no portão. Maria Brenda teve de erguer a saia, quase saltar, e entrou seguida por ele. Subiram as escadas pisando a passadeira vermelha e gasta, transpuseram uma porta envidraçada com dois grandes vasos da China a fingir de sentinelas, viraram à esquerda, acharam-se num vasto salão dividido em duas metades por um arco. Mas uma das metades parecia nunca servir, tinha os móveis cobertos por lençóis. (Quando casar com Bernardo, ela há-de tirar os lençóis.)

Era a primeira vez que Maria Brenda se atrevia a ir a casa de Bernardo Lória, um casarão da Rua de São Marçal, onde vivia sozinho. Simultaneamente atraída e receosa (apenas pela manhã ia lá a casa uma mulher a dias), Maria Brenda só hoje se decidira. Pretexto: o Memling. E agora estava em frente dele, um homem com um gorro e uma moeda na mão. No segundo plano um rio onde vogavam dois cisnes levemente azulados, um cavalo na margem. Os olhos de Maria Brenda perdiam-se nos pormenores, não tinham ainda visto o conjunto do quadro (a noção vaga de que já o vira. Em sonhos?), encontraram depois ao fundo, atrás do bosque, um carreiro que levava a um castelo. Bernardo saíra, ela sentou-se à espera, quando ele voltou trazia dois copos e uma garrafa de genebra.

— Bebes?

— Bebo... — Viu o líquido incolor baixar sobre o copo e perguntou de repente: — Que pretendias há bocado com aquelas palavras? Fazer-me descrer?

Enche o segundo copo e só depois responde:

— Pelo contrário: obrigar-te a crer em alguma coisa de palpável para a defenderes com unhas e dentes. Mal ou bem, Maria Brenda, os homens são assim.

— Assim como?

— Assim: os homens inteligentes dividem-se em dois grupos, os que defendem os seus interesses e os que, não tendo interesses para defender, não acreditando em nada, têm vergonha de lutar por eles mesmos e põem-se ao serviço de uma qualquer utopia. A do progresso, por exemplo. Não tendo interesse pelas coisas do mundo, não sabendo viver e descobrir o gosto pela vida, põem-se ao serviço dos mitos.

— Sabes viver, Bernardo?

— Menos mal...

Não acreditando, Maria Brenda atacou-o:

— Acusaste-me de ser uma mulher falhada. E tu? Que sabes fazer?

— Defendo-me, defendo-me com unhas e dentes... Não acredito em Deus, não acredito em recompensas futuras. Sei que nada valho, mas a sorte pôs nas minhas mãos uma arma preciosa, a riqueza. Tenho dinheiro, da mesma maneira que sou loiro, que sou alto, que tenho olhos azuis. Acasos da natureza... Podia ter nascido formiga e a minha situação talvez não fosse invejável. Mas sou homem, pertenço à espécie humana, classe dos mamíferos. Além de metazoário, de vertebrado, de mamífero, de homem: rico! Eis o que me define. Vês este quarto, estas carpetes, aquele candeeiro, o Memling... Defendo-me, pois num mundo como este, um mundo eticamente neutro, indiferente à justiça e à injustiça, cabe-me aproveitar o destino. As árvores hesitam em prolongar a raiz à procura da humidade e do húmus? Perguntam se há outras árvores com mais direitos àquela humidade? Compreendo que os desprotegidos lutem contra mim. Porque haviam eles de aceitar o meu poder, se não sou melhor do que eles e se não há um céu para os recompensar depois de mortos? — Bernardo não ignorava que estas palavras podiam obrigar Maria Brenda, sempre impulsiva e teatral, a levantar-se e sair. Mas era preciso jogar com o inesperado. Deslumbrá-la com aquelas frases cínicas e quase sinceras. Abriu o reposteiro para melhor iluminar a sala e continuou: — É uma luta de vida ou de morte. E ainda bem para mim, pois esse combate dispensa-me de quaisquer escrúpulos de consciência: os outros pretendem eliminar-me, pretendem eliminar, pelo menos, os meus hábitos de vida, os hábitos sem os quais dificilmente viveria. Tenho portanto o direito de lutar.

— Lutar? — Maria Brenda não acreditava que Bernardo fosse capaz de lutar, tudo aquilo era conversa fiada.

Não a ouviu. Acrescentou:

— Pessoas como tu perturbam-me. Traem-se a elas próprias, odeiam-se do fundo do coração. Na realidade, és uma aristocrata. — Acende um cigarro. — Permite-me então esta pergunta: que tens contra ti própria?

Maria Brenda não respondeu; continuava a olhar para os cisnes azuis e de perfil.

— Pergunto-me tantas vezes — continuou Bernardo — se as pessoas como tu não serão extremamente perigosas... A minha classe está perdida, isso é uma coisa que se mete pelos olhos dentro; não me preocupo! Ela estará perdida dentro de três ou quatro gerações, mas não na minha. Depois de mim, o dilúvio. Está perdida porque nós não nos sabemos defender, porque constantemente cedemos. Ontem um aumento de ordenado, hoje o descanso semanal obrigatório, amanhã a assistência médica gratuita e sei lá que mais, reformas aos cinquenta anos, férias de um ou dois meses! Cedendo, cedendo... Depois sentimo-nos envergonhados não sei de quê... Inventámos

Deus para os outros, mas começamos a ter medo, somos o aprendiz de feiticeiro, receamos as penas do Inferno, cremos n'Ele, em suma! Muitos de nós ajudámos a derrubar o João Franco e o absurdo é tal que, se amanhã me demonstrassem que o regicídio era obra da alta finança, não ficaria admirado.

— Também eu gostava de te perguntar uma coisa... Acreditas no que dizes?

Ele teve um sorriso contrafeito, tirou os óculos, desejou fazer uma pirueta verbal, mas nada lhe ocorreu. Limitou-se a dizer:

— Achas que não? Achas que procedo de maneira contrária?

Maria Brenda encolheu os ombros, desviou propositadamente a conversa.

— É bonito o teu Memling. Que será que o faz assim bonito? O homem até é feio...

Bernardo observa por um instante o fundo azulado, o ar másculo do homem do gorro.

— Durante vários séculos os homens acharam-no belo... Não é? Achá-lo-íamos belo se não nos tivessem ensinado a achá-lo belo? Julgo que não, achá-lo-ia feio se me tivessem educado a achá-lo feio.

— Por que razão os primeiros homens começaram a ensinar que era belo e não feio?

— Que existiu primeiro, o ovo ou a galinha? Qual é a origem do mundo? O homem é naturalmente bom? O homem é naturalmente mau? As matemáticas são *a priori*? Não? Etc. Etc. — Irónico, abre os braços num sinal de impotência.

Maria Brenda passava nesse instante as mãos pelos cabelos, Bernardo fica silencioso a observá-la. Parecia distraída, não tinha sequer consciência de que passava as mãos pelos cabelos. Depois suspendeu o gesto tantas vezes repetido, deixou a mão poisada no pescoço, virou lentamente a cabeça para o Bernardo. Precisamente quando cruzaram os olhos, nesse instante breve que precedeu o som deslizante das patas de um cavalo que escorregava na rua e caía (uns gritos furiosos e cheios de palavrões), Bernardo disse:

— Posso oferecer-te uma fortuna... Uma fortuna para a defenderes com unhas e dentes... — Maria Brenda levantara-se, estava à janela, queria ver o cavalo. Não chega a vê-lo, volta-se para o Bernardo, cruzam de novo os olhares, ela com a mão no pescoço. — Se casares comigo —acrescenta ele.

— Não. Tu o disseste — replica Maria Brenda. — Pertenço ao número das pessoas que não sabem defender-se... — Esqueceu-se do cavalo estatelado no chão, que estranha maneira de me declarares o teu amor, volta a sentar-se.

Ele:

— Sim, pertences ao número das pessoas que à falta de crenças vigorosas acreditam em Deus...

— Em Deus? Eu?

— Na consciência, na justiça, no desinteresse... As pessoas que têm vergonha de se defenderem a si mesmas. Não vês que é outra forma de crer em Deus?

Alexandre puxa a manta para o regaço (não se lembra de que foi a Carlota quem lha deu) e diz:

— Sim, fica a amizade ao fim de muitos anos de vida em comum... Mas há uma coisa que tu esqueces: marido e mulher sabem que essa amizade tem uma raiz no amor passado. É uma beleza diferente.

— Pior, meu pai. Marido e mulher sabem então que o amor se degradou. — Aperta, desaperta um botão do casaco de lã.

— Tenho sede... Não me podias trazer um copo de água? — Enquanto espera por Maria Brenda tira o jornal de cima da secretária, folheia-o sem atenção. («Acabe-se com essa licença desaforada, que é privilégio da canalha, e em vez de lhes consentirem revoltas, tratem de os morigerar condignamente pelo trabalho e pela reclusão.»)

Maria Brenda pensa que no seu diálogo com Bernardo houve um equívoco grave de que teve imediata consciência, mas que não se atreveu a desfazer. Bernardo falou-lhe como se ela fosse uma activa conspiradora. Mas que faz Maria Brenda, além de recolher dinheiro entre os amigos, além das tais lições de música, além de falar? Já correu algum sério risco? E se Bernardo a admira não será por supor que ela é o que não é?

Leva a água ao pai, diz:

— Na educação que me deu houve um erro gravíssimo. O pai devia ter perguntado, antes de começar a educar-me: «Como será o mundo quando a Maria Brenda for crescida?» Eis o problema. Se tivesse a certeza, se fosse verosímil prever que nessa altura o mundo seria diferente e melhor, mais humano, mais inteligente... Então compreendia-se que me desse a educação que me deu. — Recolhe o copo, vai pô-lo em cima da mesa. — Imagino que tenho um filho. E sinto isto: o mundo de amanhã não está nas minhas mãos. Quer dizer: posso educar bem o meu filho, o melhor possível... Mas que importância tem isso para a felicidade dele, ou melhor: tem muita importância, mas uma importância às avessas... De que serve a uma leoa ensinar ao filho a alegria de correr na selva se ele tiver de passar a vida fechado num jardim zoológico? O pai enganou-se... Educou-me para outro mundo, um mundo onde o João Franco não era possível, um mundo livre da miséria. Devia ter-me ensinado a ser violenta, a desprezar os outros, a acreditar estupidamente num credo qualquer. Ensinou-me a correr, afinal, para um mundo em que é proibido correr. Ensinou-me a ser infeliz. — Ainda segura o copo, embora já o tenha poisado na mesa. — Se eu tiver uma filha hei-de educá-la para este mundo. — Apoia o cotovelo na secretária, fica assim levemente inclinada. — Educá-la-ia para ser feliz neste mundo onde a tirania e a miséria reinam e hão-de reinar. De contrário, arriscar-me-ia a enviar a minha filha para as prisões ou a sofrer porque não tem essa coragem. Educá-la-ia a morrer, afinal. — Muito baixo, o pai não pode ouvir. — Ensiná-la-ei a ser uma flor de papel. — Aperta, desaperta um botão do casaco.

Mais tarde, debruçado sobre o caderno com a intenção de relatar minuciosamente a conversa com a filha, Alexandre não ultrapassou estas perguntas: «Quantas foram exactamente as ideias que instilei no espírito da Maria Brenda, aquelas que são minhas? E quais as que não me pertencem, as que se apossaram dela contra os meus desejos e a minha pedagogia, as que eu teria evitado, se pudesse?» Pensando bem, as palavras dela não eram apenas injustas quanto ao conteúdo (mas dessa injustiça não tinha ele de se preocupar, era a própria pureza de Maria Brenda que as inspirara). Eram injustas, sim, porque, na realidade, Alexandre não a educou para o tal mundo — nem para o tal, nem para nenhum outro.

Que lhe criticava ela? Ter-lhe incutido no espírito um certo número de princípios humanísticos... Que fantasia! Quais? Sim, procurando relembrar a educação que lhe deu, verifica que não lhe deu educação nenhuma, deixou as coisas correrem, adiou sempre tudo para o dia seguinte. E se alguma vez lhe deu um conselho... Sim, nem uma só ideia diferente das vulgares ideias do tempo! Aconselhou-a a não mentir e várias vezes lhe falou com eloquência (citando-lhe exemplos e escondendo outros) do valor luminoso da verdade. Recitou-lhe Antero, aconselhou-a a ler Platão. Pela verdade deve oferecer-se a própria vida (Sócrates, Cristo, Giordano Bruno, etc.), ensinara-lhe. Mas era evidente que tais conselhos não desmentiam os hábitos vulgares em educação (o livro da quarta classe estava cheio deles) e Maria Brenda bem sabe que ele não se deixaria morrer pela verdade (no Trinta e Um de Janeiro rendera-se) e acreditava portanto muito pouco naqueles ensinamentos. Por outro lado — e na prática —, quantas pequenas (e grandes?) mentiras não lhe teria ela descoberto?

«Ensinei-lhe o valor da generosidade. Mas quais os meus gestos generosos? Certa vez ela deu à filha da porteira uma boneca caríssima. Repreendi-a. Contrafeito, mas repreendi-a. E assim, sob a aparência das grandes palavras, aconselhei-a sempre a acomodar-se aos costumes do tempo. Mas não é característico dos costumes do tempo essa acomodação sob a capa das grandes palavras?»

Levanta a cabeça: António Navas acaba de abrir a porta.

— Dás-me licença? — Notando-lhe o ar preocupado: — Que se passa?

— A minha filha... — Desvia os olhos para a janela, para a árvore quase apagada.

7

Nas pontas dos pés, para que a Dona Alzira não desse por ele. Deu, abre a porta da cozinha, Vasco ouve-lhe os passos, vê-a surgir na esquina do corredor.

— Ainda não abri a cama, desculpe-me... — diz.

Diz.

No momento exacto em que o padre António Navas descobre de súbito na sua frente o sorriso irónico (irónico, mas sem bondade) do padre Adriano.

— Homem desinteressado! Então sabias que eu queria falar-te e nunca me procuraste?

— Pensei que... — Cala-se para não mentir. Vinha a pensar na Maria Brenda, poderia fazer alguma coisa por ela? Mas esta pergunta pressupunha já que a Maria Brenda precisava de auxílio e, afinal, António Navas nunca a viu triste nem mesmo preocupada. (António Navas ignora que no espírito da Maria Brenda germina um projecto em que ele é o actor principal. Nada mais que um projecto, claro, um projecto cuja realização nunca verá certamente a luz do dia. Mas não é terrível estar, sem saber, nos projectos dos outros?) «Quem sabe? É incomparavelmente mais feliz que a grande maioria das mulheres, inquieto-me a seu respeito somente porque a conheço a ela e não conheço as outras, a maioria das outras...»

A Dona Alzira veste um *robe* verde já sem botões, aperta-o com um cinto, mas Vasco sabe isso, não porque esteja atento, mas porque a memória lho diz, embora de maneira vaga: ver, observar com nitidez absoluta (mas com a memória e não com os olhos), só o rosto amedrontado do velhote em mangas de camisa e suspensórios, e o ar indiferente da rapariga da gravata preta (talvez odiasse o velho, talvez estivesse satisfeita com o assalto).

A Dona Alzira diz:

— Passou pelo café, com certeza — e enquanto abre a cama, ele poderia ver-lhe (mas não vê) os tornozelos maciços, cilíndricos.

— Muito trabalho? — O padre Adriano fora professor de António Navas. Descobrira-o em São Marcos, ensinara-lhe o latim, achara que valia a pena mandá-lo para o seminário de Coimbra. Influenciado pelas ideias de Salviano, António Navas considerava então (aos dezassete anos) que os homens não mereciam a tranquilidade e que só a guerra e o desassossego poderiam ajudá-los a conquistar a salvação. Pois não escolhera Jesus a espada em vez da paz? O padre Adriano proibira-lhe o Salviano (não se atrevera a proibir-lhe os Evangelhos), aconselhara-o a desinteressar-se dos estudos teológicos, completamente inúteis e perigosos (pensava). Mas convencera-se de que António Navas, o mais atento dos seus alunos, era uma vocação indiscutível que convinha proteger contra as tentações da heresia. Quando os pais quiseram tirar o filho do seminário (para eles o seminário era apenas um meio económico de educar o filho), o padre Adriano convenceu-os a deixarem-no ficar e convenceu também o António, ainda hesitante. Foi essa, de resto, a única vez que se atreveu a apostar em alguém. Mais tarde levara-o para Lisboa com a ideia prudente de vigiá-lo (não queria perder a aposta, e uma aposta nunca pode ser deixada ao cego acaso, precisa de ser habilmente protegida). — Ter-me-ei enganado, António?

— Em quê? — Uma pergunta somente com meia boca, por causa de duas aftas que mal lhe deixam mover os lábios.

— De que falam os homens quando estão juntos? — pergunta Dona Alzira.

— Às vezes de Deus — responde Vasco. — De muitas coisas... — Continua perto da porta, não deu ainda um passo. (A rapariga da gravata preta recuara para trás do balcão, o velhote gaguejava, não dizia coisa com coisa, Vasco metera o revólver no bolso, compreendendo que não corria perigo.)

Dona Alzira insiste:

— De que hão-de falar? De mulheres... — Deseja que Vasco a contradiga.

— Nem sempre...

— Quase nunca me procuras, já não te agrado? — diz o padre Adriano. — Deixei de ser o teu amigo, o teu mestre?

— Não tenho visto o senhor Vasco nestes últimos dias, chega tão tarde!

O padre Adriano nunca foi um verdadeiro amigo — pensa António Navas —, mas simplesmente um ouvinte compreensivo. Um homem e também um padre a quem se podiam dizer certas coisas sem o receio duma condenação, com a certeza de um sorriso (embora mais irónico do que bondoso). Mas amigo? O padre Adriano nunca falou de si mesmo, e como pode alguém ser amigo de alguém se nunca falou de si mesmo?

— Às vezes falam-me de ti — diz o padre Adriano, e os ouvidos de António Navas apuram-se mais.

— Pode saber-se o que dizem? –

— Decerto. Sofres de um pecado grave: de orgulho...

— De orgulho?

— Sim, de orgulho espiritual, isto é, pensas demasiado com a tua cabeça. — O sorriso irónico de quem conhece de antemão a resposta a que terá de replicar.

— Penso que Deus me deu uma cabeça para pensar com ela.

— Decerto... Mas como saber que a nossa cabeça é sempre a melhor? Nem sempre é boa conselheira...

— Será necessariamente a dos outros?

— Não, mas também não é necessariamente a tua. — Em vez de «a nossa», como pedia o balanço da frase, dissera «a tua».

Vasco tira o sobretudo, pendura-o atrás da porta. (Um espelho redondo em cima dum caixão. Da rapariga da gravata preta, certamente. Vasco procura-se nele: tem óculos, tem barba postiça à passa-piolho.) A Dona Alzira cruza os braços, sem pressa de se ir embora. (Ele convidara o homem e a rapariga a entrarem no cubículo interior que servia de escritório, obrigara o velhote a abrir o cofre, metera o dinheiro na pasta.)

— Geralmente não costumo aceitar hóspedes com menos de quarenta anos...

— Porquê? — O *robe* coçado nos dois seios sugere uma carne rija. (Um passo rápido, mas sereno, uma estranha impressão atrás das costas, como se alguém estivesse a persegui-lo. Vasco sobe rapidamente para uma tipóia.)

— Os homens novos são todos muito cabeças no ar, não têm juízo nenhum. O último, antes do senhor Vasco, chegou a trazer raparigas. Tudo sem eu saber, imagine! Não ficou nem mais um dia, preferi perder o dinheiro do mês.

O padre Adriano repetiu:

— O que te quero dizer, António, é que se fala de ti, dizem-se coisas contra ti.

— Gente de confiança?

Hesitação. Depois:

— Até certo ponto... Os rumores públicos, as queixas, são sempre de confiança, mesmo quando são falsos.

— Que espécie de queixas?

— Já não me lembro, não quis ouvir. Conheço-te, tenho confiança em ti. Quando alguém se queixa de ti sei que não tem razão. Pelo menos não tem toda a razão. Mas quero que saibas: fala-se contra ti. De forma amigável, mas contra...

Certa manhã, dentro de muitos meses, vendo a Alzira a seu lado e ainda a dormir, sentir-se-á apreensivo. No dia anterior ter-lhe-á prometido uma ida ao teatro para essa noite, mas agora não estará disposto a cumprir a promessa. Fora um passo em falso. Devia ter recolhido as vantagens das toalhas lavadas, da compota de damasco, mas quanto a comércio sexual — abstinência pura! A intimidade obrigava-o a uma perda de liberdade, a uma série de complicações, tinha de lhe dizer o que fizera e o que não fizera (embora, por princípio, nunca lhe dissesse de facto nem o que fizera nem o que não fizera). «Preciso de me ir embora, e o mais depressa possível», pensará nesse dia (daqui a muitos meses), enquanto calça os chinelos — com o sentimento muito claro de que nunca a tratou como um ser humano (um ser humano que respira e sofre), de que unicamente se serviu dela, de que faz parte, afinal, como tantos outros contra quem luta, dos lobos da terra, e que dentro de si próprio e lá muito até ao fundo tem de instaurar a República.

— Dizem-me que não escondes as tuas simpatias pelos homens que mataram o D. Carlos.

— Quem são eles? Refere-se aos republicanos? — Como o padre Adriano hesite, António prossegue: — Não foram todos os republicanos com certeza que mataram o D. Carlos... A maioria deles terão até condenado o acto... — E depois de alguns momentos de silêncio: — Mas diz-se então que estou com os republicanos, é isso? — E como o padre Adriano não responda: — Vem condenar-me?

— Não falei em condenações. — O padre Adriano levantou a bengala num gesto que parecia contradizer a benevolência confessada.

— De que falou então?

— Que tinha ouvido dizer que...

— E se não ouvisse dizer? — Observam-se longamente, enrodilhados naquelas perguntas e respostas, sem saberem já como hão-de prosseguir, sem saberem o que deverão dizer, o que deverão calar, pressentindo ambos que a confiança está morta. E então procuram refazê-la. Começa o mais velho, o mais experiente, aquele que nunca fala de si mesmo e que por essa razão deixou de ser considerado amigo pelo outro:

— Nunca te disse? Aos quinze anos combati ao lado do padre Casimiro... Calcorreei o Minho com uma clavina às costas, dormi com uma fidalga durante algum tempo, cansei-me dela, consegui fugir no momento em que o Macdowel era arcabuzado... Vais-me dizer que errei, que o D. Miguel era o mau partido... — Percebe que deveria ter dito estas coisas há mais tempo para criar entre ambos uma intimidade que assim nunca chegou a existir. O pudor de falar de si mesmo prejudicou-o sempre, mas nunca soube emendar-se e agora perdeu mais aquela amizade... — Se te condeno? Se te condeno ou não? Interessa-me muito mais saber o que pensa a tua consciência.

— Disse que tinha confiança nela.

— Pois disse. Mas além da tua consciência há ainda um outro problema: o do exemplo.

— Bem... Bem sei o que é a juventude, o sangue ferve. Já fui nova. — Convidava-o a dizer que ainda o era e Vasco aceitou o convite:

— Ainda é. — (O velho coxeava levemente, Vasco só deu por isso quando o obrigou a recolher-se ao quarto interior. Disse então algumas palavras, mas a memória de Vasco é capaz de reproduzir exactamente o que viu, mas não o que seus ouvidos ouviram. E ela, a rapariga da gravata preta? Sempre em silêncio, sempre em silêncio

— quando um dia casares ficarás assim na frente do teu marido, a observá-lo, a julgá-lo, e sempre em silêncio? Ficará. Em silêncio para que não saiba o que pensas? Sim. Ah, que dia horrível... Maria Brenda, uma hora antes de Vasco entrar na agência funerária: «Devo aceitar a proposta do Bernardo?» De súbito, Vasco recorda-se de uma frase do velhote: «Não tem vergonha?» Esteve para lhe responder: «Não roubo para mim... Quando se pede ajuda financeira aos republicanos, queixam-se de que a vida está cara. O senhor é republicano, eu sei.» Palavras ridículas que teve o bom senso de calar. Não por serem ridículas, mas por prudência. Ah, Maria Brenda perguntando-lhe se deveria casar com o Bernardo. Não somente a pergunta, a frieza da pergunta. «Devo casar-me com ele?» Não, não lhe deu qualquer conselho.)

Foi o padre Navas que pediu um ao padre Adriano. Que o pediu desta forma:

— Ordene-me, padre Adriano, que feche a boca, condene os homens por quererem ver as suas vidas melhoradas...

Bernardo fecha a luz, deixa somente uma réstia da lua entrar pela janela. Está sentado, e atrás das costas, suspenso na parede, o homem do gorro continua a segurar a moeda entre os dedos. Bernardo não pensa no homem do gorro, pensa em Maria Brenda: certas vezes afaga-lhe o cabelo, outras diz-lhe coisas tais que nem sabe o que significam. Ou então tira-lhe a blusa, beija-lhe os ombros nus, hesita, beija-lhe o peito.

— Receio, António, que te preocupes demasiado com os cinquenta ou sessenta anos que nos cabem nesta vida... — O padre Adriano tem oitenta e quatro.

— Não evocarei os Evangelhos, mas os homens são fracos e se não os ajudamos... — Refresca as duas aftas com a língua, esquece-se da pedrinha de sulfato (mas também não seria capaz de causticá-las em plena rua). — Uns são demasiado ricos, a riqueza leva-os a pecar. Basta saberem que há homens a viver na miséria para já estarem a pecar... Não creio que possam ser salvos. E os miseráveis? São demasiado miseráveis para terem sentimentos elevados. Não é por causa dos noventa anos de vida terrestre, compreende? — Aumentara propositadamente o número dos anos. — É por causa da vida eterna... Pois é mais fácil a um camelo passar pelo buraco de uma agulha do que a um rico ou a um pobre entrar no reino dos céus.

— Não, não fiquei zangada com o rapaz. Ela era assim fácil e ele aproveitou. Mas na minha casa? Que diriam os outros hóspedes?

— Tens a certeza de que é assim a frase que está no Evangelho?
— Tenho...
— Além do mais, nunca ouviste dizer que Agulha era o nome duma porta...?

— Pois, sempre parece mal — arrisca Vasco. — Irreflectidamente, momentos antes, havia-se sentado e esquecera-se de lhe dizer que se sentasse também. Mas se assim fizer não irá a Dona Alzira ficar ali no quarto por muito tempo? — e ele que deseja sossego! Prefere levantar-se; se continuarem ambos de pé a situação será mais fácil.

— Ouve: a tua vida é impecável?
— Não.
— Não? — O padre Adriano fica espantado.
— Não.
— Sempre pensei que sim. — E pensara.
— Traí um amigo...
— A mulher? — Custa-lhe a acreditar.

— A mulher...

— Há quem saiba?

— Pouco me preocupa...

— Devias preocupar-te muitíssimo. Se és um revolucionário e a tua vida não é impecável... Não compreendes? Os outros têm de estar convencidos de que é impecável, senão...

— Mas estou a incomodá-lo, senhor Miroto.

— Não gosto de lhe ouvir essas palavras, Mestre.

— Não, não me incomoda nada... — Como pôde ficar com uma tarde, uma noite, um dia destruído (e um dia fecundo e ousado), só porque a Maria Brenda lhe disse certas palavras e não outras? Por exemplo: ela teria adivinhado tudo, teria adivinhado o assalto à loja funerária, ter-lhe-ia dito: «Acompanho-te!»

— Meu filho... querias que te dissesse: ajoelha-te, põe cinza na cabeça...?

— Cortei com essa mulher.

— Fizeste bem. Mas se voltares a pecar, esconde o pecado.

— De Deus?

— Sim, de Deus... Ele só vê quando quer e talvez Lhe convenha não ver o teu pecado. São tão poucos os homens em quem pode confiar! O importante é não Lhe atraíres a atenção... — Ergueu os olhos, viu a Lua, voltou a baixá-los. — Não aconselharia isto a mais ninguém... Mas se tu caíste é porque o pecado não é grande ou porque não há possibilidades de não cair.

— Mestre! Tem de mim uma ideia falsa! — De repente julga perceber: o padre Adriano procura incutir-lhe confiança, estimula-o, aconselha-o a prosseguir a sua aproximação com os republicanos.

— Começou por me dizer que havia queixas contra mim.

— Não a propósito de mulheres.

— Depois... Não, ainda não tive tempo de perceber as suas palavras... Que quis dizer? Ajude-me...

Sorrindo, o padre Adriano encolheu os ombros. Estava à porta de casa, voltara a bengala para cima, atento ao desgaste da ponteira de borracha.

— Não me convida a entrar?

— Bom, saio... — Vasco deveria ter dito: «Fique mais um bocadinho, é cedo.» Mas ainda não abrira a boca e já a Dona Alzira estava no corredor. («Como havia ele de se interessar por mim?»)

O padre Adriano endireitou a bengala:

— Hoje não dormirei a sesta, tenho de me deitar cedo.

António Navas afasta-se. Alguma frase dita no colégio, levada em seguida a um pai... Mas que frase? Afasta-se vagarosamente.

8

— Cruzei-me ontem com o Vasco Miroto. Conversava com uns amigos, bastante mais velhos, em frente do Martinho. — Irónico: — Julgo que estavam a derrubar o regime. — Levanta-se para ir à procura do cinzeiro. — Derrubavam-no mais uma vez.

— Não acreditas? — Aquela maneira de falar irrita-a, pois há nela algo de verdadeiro, muito embora (por outro lado) seja injusto falar assim do Vasco.

— Bom... Acredito, pois a própria lógica das coisas... Se não fosse essa lógica das coisas, que de resto nem sei bem o que é, não acreditava. Não acredito que esses revolucionários sejam capazes de vir para a rua, compreendes? — Sorri, senta-se de novo, cruza as pernas. — Se não fosse a tal lógica das coisas que nem sei muito bem o que é, tínhamos a Monarquia para sempre. Sem falar nos próprios monárquicos, visto que hão-de ser eles os verdadeiros destruidores da Monarquia. Eles e não vocês. Ah, a lógica das coisas será isso, a corrosão interna!

— E se estiveres enganado? — Endireita com a ponta do sapato o canto do tapete. — Sabes verdadeiramente o que se passa? Tens a certeza de que neste momento ou há dois minutos não terá havido uma revolução?

— Só haverá uma revolução se fores tu própria a fazê-la; ora tu estás aqui a conversar comigo... A conversar comigo e à espera que sejam os outros a fazê-la, não é? Mas quem são os outros? Isto apenas: tu não és os outros, os outros são os outros. E os outros estão à espera que sejas tu a arriscar-te...

— Sim, haverá uma revolução quando cada um de nós estiver disposto a fazê-la, só há revoluções quando somos nós que as fazemos... — Sorriu. — Como eu ainda não decidi fazê-la, não haverá revolução... A não ser que...

Bernardo volta à ideia anterior:

— O teu amigo deitava abaixo o regime mais uma vez... Resolveu fingir que não me viu. Envergonhado pelo que os amigos dissessem ao perceberem que nos conhecíamos? Dei um espirro com força para o obrigar a voltar-se. Voltaram-se todos menos ele. Adivinhou evidentemente de quem era o espirro.

— Os companheiros de Vasco saberiam quem tu és?

— Quem sou eu? — A dúvida de Maria Brenda humilhara-o, fizera dele um desconhecido.

Mas um dia, alguns meses adiante, será Maria Brenda a dizer-lhe:

— Quem sou eu? O que sou eu independentemente dos outros, independentemente do que eles me ensinaram, do que eles querem fazer de mim? — Haviam casado duas semanas antes, estarão em Veneza. — Amo-te... Ah, amar-te-ia se eles não me tivessem ensinado a amar? Os romances que li, esta luz, aquele palácio acolá, aquelas pombas ... Sim, Bernardo. Vamos pôr de parte tudo o que não nos pertence, tudo ...

Ele pega-lhe no braço com mais força, apressam o passo, vêem à frente uma ruela estreita, hesitam, não sabem se deverão caminhar por ali, voltam atrás, numa tentativa de se orientarem melhor, no desejo de descobrirem um ponto de referência, uma torre, um palácio, um café, uma ponte conhecida.

— Não te esqueças, Bernardo. — Olha para o fato dele (trouxe mais oito). — Ah, teremos nós de tirar estes vestidos? Sim, sim... Ouve: não sei escrever, não sei representar, talvez não saiba amar, não sei fazer nada...

— Que significa fazer alguma coisa? Ninguém sabe fazer nada...

— Mas então para que estamos aqui a viver, Bernardo, se não sabemos fazer nada? Não te incomoda a certeza de que se não existisses o universo não daria pela tua falta?

— Se eu não existisse, tu darias pela minha falta, Maria Brenda. — Olha-a bem de frente, receoso de lhe ouvir essa palavra terrível: não.

— Sim, o amor é uma coisa fundamental, todos nascemos para amar. — Hesitam de novo. Deverão cortar à esquerda ou à direita? Insiste: — Mas como amaria eu se não tivesse lido romances, se não tivesse ouvido o que os outros pensam e sentem?

— Nós somos os outros também.

— Espera, espera... Mergulho dentro de mim, procuro dentro de mim o que sou... Ah, quais são as minhas verdades? Espera... Não, não poderei empregar as palavras, as palavras não fui eu quem as inventou... Diz-me, Bernardo: que sou eu? Que sou eu verdadeiramente? Que quero, que sinto, que penso? — Ouvem ao longe uma música de orquestra caminham nessa direcção, à procura do rumo certo. — O que me desgosta, o que me perturba é isto: mergulho dentro de mim mesma, busco-me, não acho nada de verdadeiramente pessoal, de verdadeiramente meu, só encontro os outros, as ideias dos outros, as palavras dos outros... — Vasco recitou-lhe um dia coisas assim, ela não se lembra, mas tirava daí conclusões diferentes.

— Nós não existimos independentemente uns dos outros...

— Nós, seres humanos? Mas um pato sai do ovo e corre logo para a água sem que ninguém lhe ensine nada... Ele é mais ele do que nós somos nós!

— Tu gostas de mim, eu gosto de ti... E sem palavras! Tu és isso: gostares de mim. Eu sou isso: gostar de ti...

— Não, não... — O cheiro pútrido, mas agradável, do canal, um palácio de janelas rendilhadas com os vidros partidos. A música ali perto, ali muito perto, num café, cheia de violinos desafinados.

Em Lisboa, longe de Veneza e das suas ruas estreitas, em Lisboa sem o risco de se perderem, em Lisboa, longe ainda desses dias que hão-de vir dentro de meses, ignorantes dessas palavras que hão-de dizer, Bernardo dissera:

— Quem sou eu? — Brincava, algo humilhado, pois Maria Brenda fizera dele um desconhecido e procurava portanto salvar a dignidade graças a uma pergunta irónica.

— De facto... — Estas duas palavras não querem dizer nada, servem unicamente para mascarar a falta de uma resposta pronta. Mas aí, vem, de súbito, a resposta quase pronta: — És pó...

— Pó, terra e nada... — Tem as unhas levemente sujas, limpa-as com um fósforo.

— Não é terra e nada, mas cinza e nada. Pó, cinza e nada. — Maria Brenda observa o gesto dele, lembra-se subitamente de que tem uma unha partida. — Por acaso não há aqui uma tesoura? — Tenta limar a unha com os dentes.

— Haver há, mas estou a servir-me do fósforo precisamente para não ter o trabalho de a procurar.

— Cá em casa o trabalho é mal visto — comenta Maria Brenda, e levanta-se. — Queres ver? — Passa com um dedo pelo tampo da mesinha. — Nunca viu o pano do pó...

— Sempre queres a tesoura? — Sai por instantes e quando volta diz: — Faz-te impressão o pó, tu que estás a conversar com quem é apenas cinza e nada? — Dá-lhe a tesoura. E como ela não responde, atenta a cortar a unha: — Um reaccionário, um ser ignóbil... Não é? — Desvia os olhos para os dois cisnes azulados, dum tom muito parecido com o da blusa da Maria Brenda. — Sabes porque te procurei?

— Hoje?

— Não, na festa em casa do Mosa. Para fazer espionagem...

— Espionagem?

— Imagina — começa Bernardo, pondo na boca, distraidamente e como se fosse um palito, o fósforo com que limpou as unhas — que Xis, moço monárquico, duvida da eficiência da polícia, convencido de que ela está a trair o regime... Pelo menos, que é pouco activa...

— Tu és o Xis?

— Não, tem calma... O Xis resolve criar uma organização contra-revolucionária pronta a combater os republicanos... Por exemplo: escrevendo-lhes cartas ameaçá-los de morte.

— Porque me vens com isso? Para que eu vá falar ao Vasco? Estás a fazer espionagem a favor dos republicanos?

— O Xis pensa de início numa grande organização, mas adia o projecto e resolve começar mais modestamente. Fala a dois ou três amigos e, depois de muito discutirem, decidem montar um sistema de espionagem.

Maria Brenda nunca fumou. Abre uma caixa de pau-santo com uma gôndola de marfim embutida, escolhe um cigarro.

— Vais-te engasgar — diz ele. Mas acende um fósforo, aproxima-se dela. — Queres ver? — Maria Brenda tosse, tira o cigarro da boca, experimenta outra vez, tira-o de novo, com lágrimas nos olhos.

— Um sistema de espionagem... — consegue articular.

— Já disse a alguém que essa história da casa é pura fantasia, senhor Miguel?

Júlio Miguel hesita, disfarça a hesitação procurando um amendoim no bolso e oferecendo-o a Vasco.

— Não disse nada?

Júlio Miguel descasca o seu amendoim, arranca-lhe depois a pele.

— Compro isto para os pequenos e depois quem os come sou eu... — Acrescenta: — Tenho tido muito que fazer. Consegui o apoio de mais dois homens, dois homens seguros que já foram soldados, um deles até combateu em África. Sabem mexer numa espingarda se for preciso...

— Não lhes disse nada...?

— Não posso, senhor Vasco! Porque luta um homem? Um homem luta para ter uma vida decente, para ver a família feliz... Quanto ao mais, pouco lhe interessa ser governado pelo rei ou por um presidente da República. — Encolhe os ombros. — Se um homem não lutar por uma casa por que há-de lutar? O doutor Afonso Costa falou no outro dia das finanças públicas. Para nós isso é latim. Como poderei ganhar novos adeptos, homens decididos a assaltar um quartel, a arriscar a vida, se não lhes prometer qualquer coisa? O senhor Vasco diz-nos que os nossos netos... Mas nós? Nós não somos gente, nós, os avós?

— Ah, um sistema de espionagem! Mas a grande dificuldade, concluem Xis e os seus amigos, está no recrutamento dos espiões. Xis é um jovem monárquico muito conhecido...

— Não és tu, portanto... — Procura humilhá-lo.

— Não pode ser ele o espião, não pode armar em republicano de um dia para o outro...

— Ora! O Braamcamp não se tornou republicano? — Maria Brenda tosse, atira o fumo para longe.

— Não, não, expele o fumo discretamente... Assim! — Exemplifica. — Depois de muito pensarem, estabelecem um plano que responda à seguinte pergunta: quais os principais chefes de uma possível revolução republicana, quais os mais activos?

— A revolução em que não acreditas...

— Mas há armas? — pergunta Júlio Miguel.

— Então não disse nada...

— Não posso, não posso...

— Eles desinteressavam-se, não é? Porque não se desinteressa o senhor?

Júlio Miguel mete outro amendoim na boca, fala ao mesmo tempo que mastiga:

— Nem sei... Acredito! Além disso gosto do meu neto, embora ainda faltem muitos anos para ele nascer... — Disse estas últimas palavras com um sorriso, mas Vasco não percebeu se era um sorriso enternecido (pelo neto) ou irónico (para Vasco).

— E os outros também não gostam dos netos?

— Gostam... gostarão quando os tiverem. Mas ainda não os têm e a revolução não pode fazer-se apenas com os avós futuros. Os avós são poucos e velhos, senhor Vasco.

— Como não era fácil chegar aos chefes republicanos, o plano inicial consistiu em vigiá-los de forma a descobrir quem seriam os amigos deles e os amigos dos amigos. Estabelecer assim um vasto quadro de gente suspeita e de acesso mais fácil. Durante vários dias vigiam o Afonso Costa, seguem-lhe os movimentos, esquematizam um registo quase completo das pessoas com quem ele convive, mas os resultados do inquérito não conduzem a nada. Não conheciam ninguém que pudesse abordar algum dos amigos do Afonso Costa.

— Vejo que Xis tem pouquíssimas relações — diz a Maria Brenda, apagando o cigarro.

— Passaram ao António José de Almeida e deste foram parar ao Cândido dos Reis e do Cândido dos Reis ao Machado Santos. O Vasco Miroto procurava o Machado Santos muitas vezes. Entre as pessoas que conheciam o Vasco Miroto havia uma rapariga muito bonita chamada Maria Brenda, que estranho nome!

— O meu pai viu uma vez um barco no Algarve com esse nome!

— Xis convenceu-se de que eu te conhecia e ficou desiludido ao saber que não. Era da minha parte uma falha lamentável, devo confessar... Ofereci-me para te conhecer.

— Por causa do nome?

— Sim, se te chamasses Margarida ou Beatriz ou outro qualquer assim vulgar... é possível que não me interessasse. Mas além disso tu eras muito bonita, disse o Xis.

— Uma espionagem sem riscos... — Irónica.

Irónico:

— Depende... Os perigos de conspirar a favor do governo são poucos, mas os perigos de conhecer uma mulher bonita são muitos... Soube que frequentavas a casa do Mosa.

— O Mosa conhecia-me, eu conhecia o Vasco, o Vasco, o Machado Santos... O Mosa é republicano! O Mosa conspira!

— Como se chamará o seu neto, senhor Miguel? Já pensou?

— Pode ser uma neta...

— Se for neto que nome lhe põe?

— Vasco.

— Se for neta?

— Diga o senhor...

— Maria Brenda.

Júlio Miguel cala-se, não gosta desse nome que é o nome da filha do Alexandre Soares (embora goste do Alexandre Soares, conversem ambos muitas vezes e lhe peça livros emprestados).

— Porque me dizes isso?

— Talvez esteja mais interessado em ti do que na espionagem...

— E os outros?

— Ah, dou-lhes informações...

— Como? — Inconscientemente aperta e desaperta, aperta e desaperta um botão da blusa.

— No outro dia avisei o Xis de que os republicanos esperavam armas do estrangeiro. Expliquei-lhe que não sabia mais nada, ele que se pusesse em campo...

— Era mentira?

— Sim e não... Há sempre um carregamento de armas para chegar, quando se prepara uma revolução... Deste modo estimulo a actividade do Xis, talvez ele descubra alguma coisa!

— Bernardo! Preferia que combatesses a sério!

— Contra os republicanos?

— Sim, por ti, por alguma coisa! Será que não acreditas em nada?

— Desconfio que estás a servir-te de palavras minhas, no outro dia, não?

— Talvez... — Irónica: — Não vivo fora do mundo, sou influenciada pelos outros. Porque não havia de ser influenciada também por ti?

Bernardo, sem lhe responder:

— Pois é verdade: descobriram as armas...

— Que armas?

— Sei lá! Armas, quaisquer armas...

— Disseste que foi por mim que soubeste? Não compreendes que podes colocar-me numa posição difícil? — Observa a maneira como Bernardo fuma, a posição dos dedos, a forma como segura o cigarro com os lábios. — Porque não me deixaste a ilusão? Disseste-me uma vez que já me conhecias antes de me conheceres. Hoje foste mais longe: conheceste-me, pois querias fazer espionagem. Que dirás amanhã? Bernardo! Estás a mentir... Porque mentes, porque me contas essa história inverosímil?

— Verdadeira. Inverosímeis foram os teus telefonemas nos dias seguintes ao Carnaval... Lembras-te deles? — Levanta-se, pega na caixa de cigarros com a gôndola entalhada e diz: — Eis um telefone. — Dá-a a Maria Brenda. Pega noutra caixa, uma caixa de porcelana. — Eis outro telefone.

— Para quê?

— Vamos repetir os telefonemas que então fizemos... Não é verdade que desejas ser actriz? É um exame... Um exame, até, à tua memória.

— Prefiro interpretar o futuro...

— Que futuro? Não o sabes ainda... Mas se tens dúvidas, porque não atiras uma moeda ao ar?

— E tu aceitas...

— Porque não?

— O teu orgulho não se dói? Seja como for, não poderás dizer que me conquistaste...

Observam-se em silêncio, ele sente que é preciso dar uma volta àquela conversa, acaba por ficar na mesma conversa, com a única diferença de que fala agora mais lentamente:

— Que estamos a dizer?

— Não sei — responde Maria Brenda.

— Ouve: já nos casámos, eu terei chegado a casa, beijo-te... — Isso: falando mais lentamente.

— Não. Representemos antes o passado. — Finge que fala ao telefone. — O senhor Bernardo Lória está?

— Eu próprio — responde, simulando levantar um auscultador.

— Lembra-se de mim?

— Supus que me tivesse esquecido.

— Como? Pois não é verdade que nos amamos? — Maria Brenda não dissera o nome, julgara ter nas mãos os fios da história e o anonimato dera-lhe uma extraordinária coragem. Uma coragem que a levara a hesitar. Porque esse anonimato permitia-lhe um comportamento diferente do habitual. Mas esse comportamento era arbitrário ou confundia-se com o seu eu profundo? — perguntava. Ao brincar pelo telefone, supostamente anónima, afastava-se de si mesma, punha a máscara ou arrancava a máscara? Insistiu, de novo em voz alta: — Pois não é verdade que nos amamos?

— Quer brincar comigo? — respondera ele. E desligara (simula desligar) o telefone.

Maria Brenda finge poisar um auscultador. Pergunta:

— Porque desligaste o telefone?

— Sabia quem tu eras..., sentia-me seguro...

— Porque me dizes a verdade? Era tão bom pensar que sofrias, que me procuravas por toda a parte... — Pega na caixa como se pegasse num telefone, diz: — Bernardo Lória?

— O próprio. — Levanta o auscultador.

— Porque desligou no outro dia?

— Porque sim.

— Não sabe brincar?

— Sei.

Maria Brenda esboça o gesto de quem suspendeu o telefonema:

— Não disseste «sei», mas «quem é você»?

Ele, repetindo:

— Quem é você?

Ela, falando outra vez ao telefone:

— Combinámos jogar ao amor. Porque não me queres ouvir?

Bernardo, como se poisasse o auscultador:

— Estamos a brincar ao amor, Maria Brenda.

Ela, pondo a mão em frente do bocal imaginário:

— Cala-te. Nós não dissemos isso.

Ele, fingindo que volta a pegar no telefone:

— Porque fugiste naquela noite?

— Faz parte do jogo, tinha de fugir.

Ele, pondo outra vez a mão no bocal:

— A sério... Nunca me disseste... Porque fugiste?

Ela, como se não ouvisse esta pergunta, repetindo:

— Faz parte do jogo, tinha de fugir. — Um gesto para que Bernardo continue.

— Não tenho a certeza de nada, Julieta. — Fingindo que tapa o bocal: — Eu que tinha a certeza de tudo...

— Silêncio...

— Como posso confiar em ti se não sei quem és? Não me interessa este jogo... Não te conheço, não me interessa brincar às escondidas...

— Não posso dizer quem sou. Porque não acreditas? Imagina... Imagina que sou casada... — Esta ideia assaltara-a subitamente. Descobrira um prazer muito especial em dar-lhe a entender que era casada. Ele aceitara a comédia, sentiu também um prazer especial em acreditar que conversava com uma jovem esposa, pois há sempre numa jovem esposa qualquer coisa de requintado que falta a uma rapariga solteira; um duplo jogo com todos os riscos: o amor e o marido; um corpo moço que já conhecia o amor, mas um amor cansado; um corpo moço que conhecia o amor como se não o conhecesse, um corpo moço a quem ele ensinaria o amor como se fosse a primeira vez.

— Diz-me quem és...

— ...dir-te-ei com quem andas.

Bernardo, tapando o bocal:

— Maria Brenda, então? — Tira a mão do bocal. — Diz-me quem és...

— Para quê?

— Acabarei por descobrir quem és... Já tenho o nome de quinze convidadas... Queres que te leia a lista? Uma delas és tu... Luísa, Fernanda, Maria..., que nome esquisito: Maria Brenda! Maria Leonor...

— Para quê? Não nos poderemos amar assim desconhecidos?

— Se fosses apenas uma voz... — Olha para Maria Brenda, mas ela esconde a cara. — Sei que és alta, que... Olhos verdes e cabelos escuros, não é? Descobrir-te-ei... Guardo uma luva tua...

— Não percebes que frente a frente eu não te diria para jogarmos ao amor? Amo-te... Ouviste? Amo-te... Julgas que se não houvesse entre nós a máscara do telefone me atreveria a confessar-te o meu amor? Até porque o amor é fingido...

— Sabes quem eu sou... Se nenhum de nós soubesse quem era o outro... Mas tu sabes, eu disse-te... Foi talvez um erro, mas disse-te.

— É como se não soubesse...

— Não te esqueceste de nada? — Alexandre estendeu a mão para o cravo branco, cheirou-o. Alexandre, nesse dia que já ficou para trás.

Carlota lembra-se de repente: o romance do Anatole. Diz então:

— Tenho muitas coisas em que pensar, sabes?

Uma afirmação exacta, rigorosa, indiscutível. Muitas coisas em que pensar, como toda a gente.

— Mas sabias que eu desejava tanto... Sabes que não sou um indivíduo qualquer, que passo os meus dias aqui preso, era um pequenino prazer que me davas... — Ergueu a voz.

— Fala mais baixo, a tua filha está ali a telefonar, pode ouvir...

— Deixa-a ouvir! — Poisou o cravo branco. — Passei a manhã à espera do momento em que ia receber o livro, não sabes que para mim esses pequenos prazeres...? — Cala-se. Observa a Carlotinha da parede: a Carlotinha que não envelheceu com os anos.

— E o nosso passado será inteiramente diferente do que foi na realidade, Romeu. Porque tu não te chamas Bernardo, mas Romeu. E não terás nascido em Lisboa (foi em Lisboa que nasceste?), mas em Santarém ou em Calempluy. Queres combinar o nosso passado?

— Prefiro combinar o nosso futuro. — Põe a mão no bocal que não existe e diz: — Mas se tens dúvidas porque não atiras uma moeda ao ar?

Ela, com a mão no bocal:

— E tu aceitas?

Ele, com a mão no bocal:

— Porque não?

Ela, com a mão no bocal:

— O teu orgulho não se dói? Seja como for, não poderás dizer que me conquistaste... — Tira a mão do bocal. — Impossível combinar o futuro sem combinar o passado!

— Não, Julieta! Sempre embirrei com tudo quanto seja fugir. Negar o passado? Não. Não nego o passado, não nego o que existe, recuso-me a negar o que existiu. — Desliga (finge desligar) o telefone. — E agora estamos a negar o que existiu ou não?

Ela, desligando também:

— Se estamos a inventar o passado ou estamos a recordá-lo? Haverá diferença?

— Achas que não?

— Esperavas que eu ligasse outra vez? — Abandona a caixa com a gôndola de marfim incrustada.

— Esperava...

— Agora ou no passado? — Aperta, desaperta um botão da blusa. — Às vezes penso: o mundo é um romance cor-de-rosa...

— É. Ou melhor, pode ser... Depende de nós. Depende sobretudo de termos uma vida desafogada, conta no banco.

— Só?

E, no entanto, eis o futuro que os espera dentro de algumas semanas (um futuro que está feito, um futuro que se impacienta, um futuro que quer ser presente):

— Mas se tens dúvidas porque não atiras uma moeda ao ar? — Fala a sério, não está a brincar, como semanas antes.

— E tu aceitas...

— Porque não?

— O teu orgulho não se dói? Seja como for, não poderás dizer que me conquistaste...

E alguns meses ainda mais tarde, já casados (um futuro que está feito, um futuro que se impacienta, um futuro que quer ser presente):

— Passamos o tempo a mentir, Maria Brenda. Quantas coisas das muitas que dissemos eram verdadeiras, eram sentidas?

— Que havíamos de dizer se não mentíssemos? Sou pobre de espírito, de interesse, de tudo... Se não for a mentira, que fica de mim, Bernardo?

— Ficarás tu.

— Foi pela rapariga que mentia que tu te apaixonaste. Sucedeu-me o mesmo contigo...

Mas também (um futuro tão verdadeiro como os outros, tão impaciente, tão desejoso de se fazer presente):

Bernardo entra em casa preocupado, procura esconder a preocupação, ela descobre. Não será preciso muito para que essa preocupação desapareça: Maria Brenda senta-se-lhe ao colo, estende-lhe os braços em volta do pescoço.

— Dei hoje uma volta pela Avenida, subi-a lentamente a apanhar sol... — A voz, o sorriso, a cor dos olhos, os cabelos, o nome (Maria Brenda, nome de barco), o perfume, os dedos.

A preocupação morreu. Ele sente-se feliz. Como os cisnes azuis, os cisnes de perfil.

Maria Brenda, a quem hoje, muitos meses atrás, Vasco deu para guardar uma pasta com selos e dinheiro. Uma pasta aberta que ela não abriu. (Propositadamente aberta. Então — pensou Vasco — ao ver tantos selos há-de relacioná-los com o assalto à estação dos correios, há-de compreender tudo. «Foste tu?» Estendendo-lhe os braços em volta do pescoço, observando-o com atenção. Dizendo: «Tens coragem, meu amor.» A voz, o sorriso, a cor dos olhos, os cabelos, o nome — Maria Brenda, nome de barco —, o perfume, os dedos.)

Maria Brenda que pouco depois, e por acaso, se cruza com a mãe. Que se esconde. A velha dúvida: seria possível que nunca tivesse enganado o pai, que tolerasse de boa mente e sem uma revolta aquela vida? Maria Brenda descobrira esta coisa extraordinária: se procurava um deslize da mãe não era para a condenar, mas para amá-la finalmente. Talvez até para ter uma conversa com ela, para desfazer aquela carapaça de frieza que a mãe ostenta, para lhe murmurar: «Não é a mim, ao teu marido, a todos nós, que tu enganas, enganas-te a ti própria. Porque afinal és um ser vivo, não uma flor de papel, e por baixo desse vestido escuro e gelado, para além do teu tricot, há uma mulher. E então tudo está salvo, minha mãe, visto que te compreendo. E poderemos conversar: mãe e filha, irmã e irmã. Sei, sei bem que no fundo não enganas o pai, embora o enganes; sei que é humano amares outro homem, embora continues a amar o meu pai. Sei que o amor por um só homem é a morte dos sentimentos, é a morte de tudo, para sobreviver é preciso amar este e aquele e aqueloutro. Ah, sabes que nunca me deitei com o Vasco, pois ele não admitiria que me deitasse com o Bernardo, e nunca me deitei com o Bernardo, pois ele não admitiria que me deitasse com o Vasco? E hesito, e hesito, e hesito... Entretanto, a vida passa! Deverei mentir-lhes (sofrerão se lhes disser a verdade?). Devo amar um e o outro mas fingir que só a um pertenço (oh, que palavra horrível é esta: pertencer!)?»

Nessa manhã, ao abrir a porta do escritório para dizer bom dia ao pai, em vez do pai encontrou o padre António Navas. A janela estava aberta, a corrente de ar que de súbito varreu o quarto colou o vestido muito leve ao corpo de Maria Brenda, António Navas não conseguiu dominar um relâmpago que lhe escaldou os olhos, Maria Brenda recolheu esse relâmpago.

— O teu pai ainda está a dormir — disse o padre.

Maria Brenda fechou a porta, fechou a janela, sentou-se em silêncio num cadeirão de coiro em frente do padre (precisamente naquele a que falta um botão arrancado por ela quando criança), diante daquelas velhas estantes de pau-santo e portas envidraçadas, diante das gravuras inglesas de Lisboa e do Porto (um desastre da ponte das barcas cheia de gente aflita e cor-de-rosa), diante do retrato da mãe.

O padre:

— Que tens feito?

Ela, sem lhe responder:

— Às vezes ponho-me a pensar: porque não experimentas o padre, porque não o sujeitas a uma prova? Se ele resistir prestas-lhe um favor, pois ganhará mais facilmente o céu. E se não resistir...

O padre, com um sorriso:

— Ele sou eu?

— É... — Levanta-se, aproxima-se da secretária, debruça-se sobre o cravo branco que ali pôs no dia anterior, cheira-o profundamente. — Não quero dizer que vá tentá-lo agora, esteja descansado... Digo-lhe apenas a verdade, quase como se estivesse no confessionário. Uma pessoa como eu pensa, não pode deixar de pensar, em todas as hipóteses... Por isso, quando o vejo, digo de mim para mim: este homem será honesto? Acreditará em Deus? Já terá roubado? Já terá enganado mulheres? É superior às minhas forças..., tenho de imaginar todas as possibilidades...

Ele, muito calmo:

— Não há mal nisso, Maria Brenda.

— Mas não é o demónio que sugere estas ideias tão estranhas? — Diz isto com um sorriso.

— Não. É somente a inteligência.

Maria Brenda observa as lombadas dos livros, desvia repentinamente os olhos para o retrato da mãe, a Carlota (a Carlotinha, que nunca chegou a conhecer, ou melhor: que não se lembra de ter conhecido).

— Sabe, padre? Cheguei a desconfiar que o senhor e a minha mãe...

— Era uma das tais hipóteses...

— Decerto.

— Mas estavas a ofender a tua mãe! — Quis dizer esta frase num tom de indignação, mas falhou.

— Não, não... Não a ofendi... Não me atrevo a condená-la! Padre! Se eu agora me levantasse, se eu agora o beijasse...

— É difícil responder-te, Maria Brenda, até porque tu poderás interpretar mal as minhas palavras. — Pausa. — Deixar-me-ia tentar, não teria coragem de te resistir.

Ela hesita, sobressalta-se:

— Gosta de mim, é isso?

— Não, Maria Brenda. Deixar-me-ia tentar no sentido mais mesquinho da palavra: não era por amor...

Maria Brenda vai à janela, observa o velhote que empurra um carrinho cheio de embrulhos, a rapariga muito alta parada no passeio e a olhar para trás, atenta a qualquer coisa. Que coisa? Só debruçando-se, Maria Brenda poderá saber. Mas não se debruça, volta-se de novo para o padre.

— Um padre tem o direto de se exprimir assim?

— Querias que te mentisse? Não tenho ilusões de te converter, posso falar portanto à vontade.

— Um padre que não crê no seu poder! Mas não acredita que Deus pode ajudá-lo a converter-me? A sua fé é pouca...

— É pouca.

— Perturba-me, padre. Se Deus quiser, Ele pode iluminar-me com a graça.

— Já te iluminou com a graça, Maria Brenda. Estás salva, quando nasceste já estavas salva. — Ela não responde, ele acrescenta: — Se me tentares deixar-me-ei tentar. — Uma pausa. Falar, mover os lábios, agrava-lhe o ardor da afta, ele calou-se para repousar um instante. — E é por isso que não me deves tentar — acrescenta.

— Devo ser eu a não o tentar e não o padre Navas a não se deixar tentar?

— Sim, pois és mais forte do que eu.

Maria Brenda soprou, embaciou o vidro da janela. Com um dedo começou a desenhar uma espiral.

— Padre — diz, de costas para ele —, espere... Há uma coisa que não compreendo... Se a culpa for minha... Será para si um grande mal deixar-se tentar? — Voltou-se, está a observá-lo, esqueceu-se da espiral. — O amor físico é um grande pecado?

— Não, não creio... Mas eu prometi que não me deixaria cair em tentação, é apenas isso.

— Prometeu a quem?

Ele passou a língua pela afta, hesitou...

— Não sei, Maria Brenda. Talvez tenha prometido a mim próprio.

9

Ah, quando o homem não é verdadeiramente livre para se dedicar inteiro à contemplação e à realização das coisas belas, como poderá ele escapar às coisas mesquinhas, às coisas que fatalmente acabam por destruí-lo? Vasco, profundamente abatido! Se o mundo fosse outro, em vez de ter assaltado uma estação dos correios, teria... Falta-lhe a palavra, falta-lhe a ideia... Talvez se sentasse a um piano (ocorreu-lhe), mas não sabe tocar piano. Mais: não gosta de música. «Bárbaro!», fulminava-o a Maria Brenda. Mas era mais exacto dizer que não conhecia música, pois nunca o haviam educado. Tendo vivido quinze anos em Portunhos, seguindo posteriormente para Coimbra a tirar um curso comercial, tendo arranjado finalmente um emprego e depois outro e outro ainda até que um amigo o levara para o jornalismo, nunca ninguém lhe falara de música. Maria Brenda, mais tarde... Mas o piano de Maria Brenda... (Ou será que Vasco não gosta, jamais gostaria de música, mesmo no melhor dos mundos?)

Num outro mundo — pensa —, em vez de ter assaltado a estação dos correios para transformar os selos em espingardas, Vasco Miroto, que não gosta de música, gostaria de música, ter-se-ia sentado ao piano. Conversaria com Júlio Miguel, e em vez de combinar com ele alguns pormenores do assalto a Infantaria 16 daí a umas semanas, com Machado Santos combinaria... Vasco Miroto tem a sensação dolorosa de que não é um homem, que é um puro instrumento ao serviço da evolução biológica, que dele se serve para criar os verdadeiros homens. Este sentimento esmaga-o, quase lhe mete medo. Se agora se convence de que não é um homem, mas um simples instrumento ao serviço dos homens do futuro, então sentir-se-á completamente nu, arcaico, bicho, cego..., sentir-se-á vazio de sentimentos, algo como o réptil que marcha em frente, destrói, esmaga sob o corpo todos os obstáculos para que no futuro nasçam répteis mais perfeitos e por fim mamíferos e por fim homens. «Considera cada homem como um fim em si mesmo...» Esta frase leu-a ontem e foi ela que ficou a levedar no espírito de Vasco. «Considera-te a ti mesmo como um fim, e não como um meio...» Porque se tu assaltas correios e lojas, se não te sentas ao piano, estás a ser um instrumento, um dinossauro em que a natureza ensaia a perfeição. Mas não és tu mesmo que tu estás a ser.

Falsos problemas, falsos problemas — pensa.

Vasco Miroto ignora: dois meses ainda terão de se passar, dois meses de sobressaltos, de adiamentos, dois meses em que tudo, tantas vezes, parecerá perdido, outras ganho, dois meses que vão durar dois anos. Júlio Miguel não assaltará Infantaria 16, estará preso. Vasco, sim. E na manhã seguinte achar-se-á montado num cavalo, quase ombro a ombro com Paiva Couceiro. Paiva Couceiro que nunca ouviu falar de Vasco, embora sem o saber tenha lido no jornal muitas linhas escritas por Vasco. E Vasco Miroto que já ouviu falar de Paiva Couceiro, embora com um ouvido apenas.

Todavia, agora quando ainda faltam dois meses para que se encontrem os dois, agora que se ignoram ainda ou julgam ignorar-se, ei-los já unidos, pois na Terra as coisas se dispõem, certos átomos se juntam, se repelem, um complexo xadrez de vontades e de acasos se desenvolve para que nessa hora exacta — às três horas e trinta e dois minutos e vinte segundos da tarde de 5 de Outubro — ambos se encontrem.

A cavalo, muito direito, dois minutos antes de falar com Vasco Miroto, Paiva Couceiro dirá:

— Fogo!

Terá ao seu dispor somente cinquenta soldados: os outros fugiram logo aos primeiros tiros. Indiferente às balas, seguro de si mesmo, inspirando confiança, ignorando que está perdido (embora hoje, dois meses antes, beba uma chávena de chá em casa de umas senhoras amigas), observa calmamente o casario da cidade, o sol puríssimo, a Avenida, o Tejo. (O mesmo casario, o sol puríssimo, a mesma Avenida, o mesmo Tejo, que também hoje, dois meses antes, Vasco Miroto observa, sentado em São Pedro de Alcântara.)

— Fogo!

Os ouvidos de Vasco habituaram-se aos tiros; adiante, um artilheiro (umas grandes orelhas, o braço ao peito) olha em redor com um ar indiferente e mais adiante ainda estão dois soldados no chão, feridos também. Um deles tem uma medalha; o outro senta-se e desenrola as grevas ensanguentadas. Deve ter dito qualquer coisa, o companheiro ri-se.

— Vamos, mexe essas pernas — ouviu dizer mesmo ali perto. Olhou: um velho sargento e um soldado muito jovem — teria a idade mínima? —, ainda sem barba, uma carinha de criança. Inesperadamente viu um homem estendido no chão. «Dorme», murmura, adivinhando que está morto.

Paiva Couceiro toma Vasco pelo mensageiro do general Gorjão, a quem pediu reforços uma hora antes. De certo modo, Vasco é esse mensageiro. Por ordem de Machado Santos terá vestido a farda excessivamente larga do oficial de ligação monárquico aprisionado pelos republicanos. Ei-lo, agora, o falso ajudante do general Gorjão, em frente de Paiva Couceiro! «Como um réptil, como um instrumento», há-de pensar. O general Gorjão ordenava a Paiva Couceiro que abandonasse aquela posição e seguisse para o Rossio — dirá.

— Mas eu pedi reforços, não pedi licença para retirar!

Mentindo:

— A bateria é mais útil no Rossio, meu capitão.

Vindos da Avenida, disparados pelos republicanos, ouvem-se tiros, mas o vento umas vezes abafa-lhes o som, outras empurra-os, engrossa-os, de modo que nunca soam da mesma maneira, são agudos, são graves, cheiram a pólvora, a terra, ou não cheiram a nada.

De repente e diante de Vasco — hoje, dois meses antes do Cinco de Outubro — Bernardo Lória.

— Gozando o sol?

— Sim, está um sol maravilhoso.

Paiva Couceiro aproxima-se dos seus homens, dará ordens. E de súbito os ouvidos acostumados aos tiros estranharão o profundo silêncio, ouvirão os mais insignificantes ruídos e até as vozes dos revolucionários lá em baixo, na Rotunda.

Paiva Couceiro, de novo próximo de Vasco:

— Como explicar o que se passa? Pretenderão dizer-me que o exército é republicano? Conheço a grande maioria desses oficiais que estão quietos e apáticos. Eles não são republicanos e no entanto não intervêm... Porque esperam?

— São monárquicos? — perguntará Vasco.

— Também não. Não são nada, querem viver e que os deixem viver, importa-lhes lá a Monarquia ou a República! — Uma pausa e dirá: — Mas não haja dúvidas: se escolheram ficar quietos é porque farejaram que a Monarquia está perdida. Intervirão ao perceberem que os republicanos se aproximam da vitória. A favor dos republicanos, bem entendido. Há meia dúzia de dias visitaram o rei, prestaram juramento à Monarquia! E agora traem!

O velho artilheiro de grandes orelhas e braço ao peito encaminha um cavalo para a peça mais próxima, Vasco desvia dele os olhos e responde:

— Meu capitão... a palavra traição é demasiado forte. Muitos deles, quando juraram fidelidade à Monarquia, fizeram-no com intenção de defender a República. Essa mentira era já um sacrifício pela República.

Hoje:

— Que tem feito você?

Bernardo Lória:

— Ando por aí... Penso ir a Paris para a semana.

— Nunca fui a Paris ... — Mesmo que já tivesse ido replicaria que nunca fora.

— Que cidade! Ajuda-nos a perceber como é pequeno este meio...

— Nunca tive dinheiro para ir a Paris. De resto, gosto dos meios pequenos.

— Paris areja o espírito.

— Por vezes constipa-o. — Insolente: — Paris faz bem quando se é esperto, de contrário estupidifica ainda mais as pessoas, nunca deu por isso?

Couceiro observará longamente Vasco.

— Estarei a falar com um dos tais militares republicanos...?

Vasco Miroto, finalizando um silêncio prolongado:

— Sou republicano, meu capitão.

Bernardo Lória:

— A Maria Brenda disse-me que você tinha tentado publicar uma reportagem sobre os pedreiros que não ganham nos dias de chuva.

Não exactamente uma reportagem, uma nota discreta: «Quando chove, os operários da construção civil não precisam de ganhar. Primeiro: não trabalham, não têm de sair de casa, não se constipam, é inútil vestirem-se. Segundo: havendo chuva, podem fazer uma cura de águas, dispensando-se portanto de comer. Parabéns, pois, aos senhores ministros que demonstram assim um alto interesse pela saúde impecável dos operários portugueses.» Uma nota escrita à pressa, mal escrita. Mas no momento exacto em que transpunha a porta da rua chamaram-no da parte do Saraiva, chefe de redacção e braço direito do Marques (o director).

— Homem — dissera-lhe o Saraiva —, você não sabe que o Freitas tem interesses na construção civil?

— E depois? — O Saraiva não era mau homem, daria tudo para evitar aquela conversa. Torcia-se na cadeira, espalhava nervosamente o tabaco na mortalha.

— Não pode ser, não pode ser... Se fosse outra indústria, vá! Mas logo esta! Parece um desafio! De resto, sejamos justos: Portugal é um país onde raras vezes chove, o problema é portanto mais teórico do que real, não tem uma gravidade por aí além... Se fosse na Inglaterra ou na Suécia!

— Compreendo — disse Vasco. O Freitas era um dos principais accionistas d'*O Universal*, e o *O Universal* era republicano. Jornal de grande tiragem e, por isso mesmo, bastante mais perigoso do que se fosse monárquico. A sua virtude até estava em esvaziar completamente qualquer conceito progressivo que a República pudesse conter. «Um jornal para suprimir quando houver completa liberdade de imprensa», costumava dizer Vasco, por graça.

— Ah, a Maria Brenda falou-lhe de mim? Você e a Maria Brenda falam de mim?

— Porque não? Falamos de muitas coisas e também de si... — Senta-se junto de Vasco, observa também o casario da cidade. — Mas essa pergunta desgosta-me, leva-me a pensar que você e ela nunca se referem a mim!

— Interessa-lhe que nos ocupemos de si?

— Qual o ser humano que não gosta que os outros se lembrem dele?

Sim. Neste instante Vasco não sabe o que estará a suceder dali a dois meses. E Paiva Couceiro também não. No entanto, sobre a Terra, as coisas dispõem-se, as vontades e os átomos juntam-se, repelem-se, agrupam-se no tabuleiro, de tal modo que um movimento A será seguido do movimento B, o movimento B do movimento C. E assim, muitos movimentos depois, Paiva Couceiro e Vasco Miroto seguirão ambos a cavalo em direcção ao Rossio.

— Falo com um mensageiro falso?

— Não, meu capitão. Apenas isto: substituí o oficial que lhe foi enviado, mas as ordens dele convinham-nos, não precisei de mentir.

Couceiro obrigará o cavalo a parar.

— Convém aos republicanos que eu siga para o Rossio?

— Meu capitão... — dirá Vasco. — Poderei ser sincero? — Tinham recomeçado a marcha e Vasco sentia atrás das costas as rodas de ferro, os passos metálicos dos cavalos, os sapatos cardados da tropa. Mais espaçadamente, chicotes e ameaças.

— A sinceridade do inimigo... — dirá Couceiro. — Como poderei acreditar nela?

— Meu capitão... Jura-me que... Jura-me que já decidiu proceder desta ou daquela maneira e não vai alterar a sua decisão depois do que eu disser?

— E se não jurar?

— Nada direi.

— De que vale o meu juramento?

— Muito.

— Como sabe depois? Prefere que escreva num papel a minha decisão para ter a certeza?

— Não... O senhor não pertence a esta época, para si a honra, a palavra dada, estão acima do resto... Preparámos-lhe uma emboscada...

Couceiro vira-se para trás, Vasco também. Vê o tal moço de olhos azuis e cara de criança. Caminhava a pé com uma espingarda ao ombro e talvez morresse dentro de instantes sem saber porque morria. Tinha um ar medroso e submisso. Acreditava — pensará Vasco, desviando os olhos — que tudo aquilo era inevitável e não lhe passava pela cabeça que estas coisas pudessem correr doutra maneira se ele resolvesse dizer não à história. Couceiro (que neste momento acaba de beber o chá):

— Uma emboscada? Onde?

— Não posso dizer.

Dois meses antes, Bernardo Lória afirmara:

— Mas falemos de si. A Maria Brenda é muito sua amiga, fala-me sempre do Vasco, diz-me coisas... — Atrás deles passa, imponente, um esquadrão da Guarda Municipal, Vasco e Bernardo detêm-se um instante a observá-lo (sem saberem que dois meses depois permanecerá quieto no seu quartel a aguardar os acontecimentos). — Se não lhe fala de mim, tenho de concluir que é mais sua amiga do que minha.

— Se mudássemos de assunto?

— Porquê? O Vasco sente-se obrigado a ser desagradável comigo... É essencial?

— Não me sinto obrigado... Mas haverá alguma razão para que gostemos um do outro?

Paiva Couceiro:

— Se ficasse aqui...

— Sem dúvida, meu capitão...

Paiva Couceiro há-de passar a mão pelo pescoço do cavalo, olhará as janelas fechadas (os olhos receosos das mulheres atrás das cortinas).

— Quem sairá vitorioso de tudo isto?

— Não sei...

— Os republicanos?

— Não sei... — De repente fascina-o o desejo de lhe dizer a verdade: — Garante-me, meu capitão, que não vai servir-se das minhas palavras? Estamos perdidos ... Nós, os republicanos. A maior parte dos regimentos falharam. Machado Santos acha-se sozinho na Rotunda com meia dúzia de sargentos e poucos soldados. O almirante Cândido dos Reis matou-se. Se o senhor continuasse a bombardeá-los...

Bernardo (ele não sabe que dois meses depois estará preso):

— Ambos gostamos da mesma mulher... Não será uma razão? Você sabe... Nos romances devíamos cair nos braços um do outro... Consolarmo-nos mutuamente...

— Foi a Maria Brenda quem lhe disse que eu gostava dela?

— Julgo que não. Mas isso sabe-se... Ah, meu amigo! Se ambos gostamos da mesma mulher é porque há qualquer coisa de muito semelhante em nós... Qualquer coisa de profundo... Qualquer coisa que está acima do resto...

— Para mim o resto está acima do profundo... — Mas o gelo quebra-se. Humaniza-se, pensa: «É facto... Que poderá haver de comum? Como é possível que gostemos da mesma mulher? Qual de nós está enganado acerca dela e, ao mesmo tempo, enganado acerca de si próprio?»

Couceiro:

— E corre os riscos da emboscada?

— Corro, meu capitão.

— Não compreendo...

— Apenas me poderei confessar a um inimigo... Não creio nos homens, eles falharam. Cândido dos Reis matou-se. Falharam. Se vencermos, venceremos por acaso, assim como no Trinta e Um de Janeiro também perdemos por acaso... Venceremos pelo acaso de meia dúzia de homens...

— Sim, talvez seja o acaso que lhes dará hoje a vitória. Mas se perdessem hoje venceriam amanhã... E amanhã não seria por acaso...

— Não creio que esta vitória seja a verdadeira vitória. É cedo, os homens não estão preparados, esta vitória vai adormecê-los, esta vitória será uma derrota. Seria preferível perdermos!

— Não compreendo...

Bernardo:

— Mas você acredita na vitória? Que entende por vitória? Não creio que esta seja a verdadeira vitória... É cedo... Os homens não estão preparados...

Vasco:

— Estamos.

Couceiro:

— Nunca se sabe... — Dir-se-ia que procurava animá-lo. — Talvez os homens tomem juízo, deixem de pensar somente neles próprios...

— Porque não é republicano, meu capitão?

— O segredo não está na República ou na Monarquia, meu amigo. Mas como posso acreditar nos homens que faltam à palavra? Como posso acreditar nos republicanos, se eles juraram ser monárquicos? Quem me pode garantir a seriedade deles?

— Mentiram, pois a mentira também é uma arma e as ideias valem mais que a honra pessoal.

— Não... Como posso acreditar em quem mentiu uma vez? Essa mentira será nobre.... Mas qual é o critério que me fica para confiar?

Na esquina da rua, subitamente, um grupo armado. Antes mesmo de ouvir a primeira descarga, já Vasco («Atenção!») saltara do cavalo e correra para se esconder numa porta. Os soldados ter-se-ão dispersado pela rua, ter-se-ão deitado, ter-se-ão escondido atrás das peças de artilharia, começarão a disparar contra os republicanos. Num relâmpago os atacantes desapareceram deixando um morto (de camisa branca e suspensórios) estendido no passeio, o pescoço atravessado por uma bala, uma perna despedaçada. Algumas janelas abriam-se, alguns rostos espreitavam. Muito direito, sereno, segurando com força as rédeas do cavalo, Paiva Couceiro.

Bernardo:

— Sim, com revolução ou sem revolução... Poderá haver amizade entre inimigos? Mas que significa esta palavra «inimigos»?

Vasco:

— Vou deixá-lo, Bernardo.

Vasco:

— Vou deixá-lo, meu capitão.

E Couceiro, enrugando a testa, forçando o cavalo a manter-se calmo:

— Voltaremos a conversar, qualquer dia?

Bernardo:

— Voltaremos a conversar, qualquer dia?

Vasco:

— Com certeza...

Couceiro:

— Até quando?

Vasco:

— Capitão! Julgo que o senhor é a única esperança que resta à Monarquia! Julgo que mais ninguém arriscará a vida por ela, mas, no ponto em que isto está, basta um homem decidido para dar uma volta aos acontecimentos. Não seja esse homem, capitão, acredite-me! Não ganhe esta guerra! Permita que sejamos nós a vencê-la!

Eu não acredito em mim, não acredito em nós, mas acredito nos nossos netos. Para já temos de os ajudar, de os ajudar um pouco... Prometi a um homem (está preso neste momento!) que os netos dele haviam de ter uma casa e ser felizes. Nós, eu e o capitão Couceiro, seremos sempre infelizes, pertencemos a outro mundo. Não acreditamos sequer na maior parte dos homens que combatem a nosso lado e nem merecemos talvez a generosidade desses homens que são melhores do que nós... Ouça, capitão... Com a vitória da Monarquia ou da República, para já, a injustiça vai permanecer, a maior parte dos homens continuarão esmagados pela miséria. Mas se ganhar a República as possibilidades são maiores, é uma porta que fica meio aberta, e depois basta meter o pé... As possibilidades serão maiores se prepararmos um mundo para depois de amanhã. Jurei a mim mesmo que faria tudo isso, eu que não nasci para estas coisas... Há pouco estive tentado a matá-lo ao ver que o senhor era a única esperança do rei... Faltou-me a coragem e no entanto se fosse um verdadeiro revolucionário não poderia hesitar... Tive receio da minha consciência... Mas não tenho receio da minha consciência quando assisto sem nada fazer à miséria, quando vou sentado num eléctrico e vejo ao meu lado um tipo mal vestido... Ouça, talvez não seja bem isso... Sabe? Descobri uma coisa: o senhor ficar-me-ia grato se eu o matasse. Descobri que o senhor desejava morrer. Preferia morrer a tomar uma decisão diferente daquela a que se julga obrigado... Perca esta guerra, meu capitão!

Olhando-o fixamente, Couceiro dirá:

— Não posso... — Uma voz muito baixa, receosa de ser ouvida (por quem?).

10

Pouco depois da hora do almoço discutiram. Vasco e Maria Brenda. Ela chegara a dizer com um sorriso irónico:

— Merecias que eu fosse à polícia denunciar-te.

Vasco não se dera ao trabalho de lhe responder, explicara simplesmente que tinha muita pressa por causa das últimas notícias sobre a mobilização do exército alemão (haveria guerra?), despediram-se quase zangados.

Ao cair da tarde, e na esperança de encontrá-la, foi visitar Alexandre Soares.

Falam de política, como de costume, e Vasco descreve o entusiasmo que viu em Santarém dois dias antes. Tem um desabafo:

— Quando pensamos que tudo podia estar terminado, que todos estes esforços para destruir podiam ter sido aplicados em actividades verdadeiramente criadoras! E há vinte anos! Se o capitão Leitão, em vez de se prender com escrúpulos de consciência, dá ordem para atacar a Guarda Municipal, teríamos hoje a República, não é? E mesmo que seja proclamada amanhã já se perderam vinte anos, vinte anos completamente inúteis por causa da obstinação de um ou dois loucos! Vinte anos que não aproveitaram a ninguém, que não salvaram a Monarquia do inevitável, vinte anos de atraso... E atraso nem digo bem; atraso para a nação, claro... Mas para aqueles que já morreram, aqueles que passaram a vida a sonhar com a República? Para esses os vinte anos foram a eternidade, não foram um simples atraso. Foram tudo, foram o fim...

— Não aproveitaram a ninguém? Aproveitaram a muita gente. Para quem morreu antes da queda do regime e vivia dele, estes vinte anos a mais foram também a eternidade e não simplesmente um atraso. — Chega a cadeira para a frente, procura evitar um raio de sol incómodo. — Mas não... O atraso não será apenas de vinte anos. Não vejo ainda a população suficientemente amadurecida...

— Nunca se sabe.

— Nem vocês estão preparados para quando a República vier... Tal como nós não estávamos preparados em 1891. Teria sido um desastre se vencêssemos, foi um bem termos perdido.

Vasco não responde, julgou ouvir na rua os passos da Maria Brenda. Alexandre prossegue:

— Sabes que falhei durante os interrogatórios? Que levei à prisão vários camaradas e comprometi de maneira decisiva o João Chagas?

— Sei — diz Vasco. Não eram os passos da Maria Brenda, o tempo correu, a campainha manteve-se silenciosa. Ou terá chave?

— Nunca falámos nisso, mas calculei que soubesses... E falas comigo?

— O João Chagas diz bem de si... — Alexandre Soares tira um cravo branco de cima da secretária, cheira-o. Vasco detesta aquele cheiro. «Foi a Maria Brenda quem lho trouxe.» Acrescenta: — Quem não falha nunca? De resto, sei que depois se portou bem, durante o julgamento. — Tem as mãos suadas e enxuga-as ao forro dos bolsos das calças.

— Era fácil. O julgamento foi a bordo de um navio de guerra, os juízes estavam enjoados. Podíamos dizer o que quiséssemos, eles não tinham coragem de nos mandar calar.

— Porque procura diminuir-se? O passado não interessa, cada um de nós pode nascer de novo se quiser... Diga-me: porque não enterra o passado? Porque se reduziu ao silêncio? Porque não pega na pena? — Não dizia estas palavras por pura cortesia, sempre mantivera a esperança de recuperar o Alexandre Soares.

— Porque não creio.

— Não crê... Em que é que não crê? Nos homens? Nas ideias?

— Nas duas coisas...

— Permita-me: não há descrentes absolutos. Acredita portanto na Monarquia, nos homens da Monarquia?

— Não... — Poisa o cravo na secretária, uma gota de água ficou a brilhar nos braços da cadeira. Limpa-a com a manga do casaco, pega outra vez no cravo, enxuga-o na manta (foi a Carlota que lha deu, mas ele não se recorda).

Vasco ouve bater à porta, lá em baixo. Tenta perceber melhor. Maria Brenda? Levanta-se (prefere estar de pé quando ela vier). Repete para ser surpreendido por ela a falar com um ar natural:

— É impossível que não creia em nada...

— Falas como um padre. Eles também pretendem demonstrar que toda a gente crê em Deus e que portanto Deus não pode deixar de existir. Mas devo lembrar-te: um padre como o Navas está mais avançado o que tu, nunca utilizaria tais argumento... — Acaba de ouvir no corredor, muito perto da porta, o andar vagaroso do padre.

Vira-se, ainda esperançado que seja a Maria Brenda, a porta abre-se, Vasco senta-se, ergue-se depois um tudo-nada ao estender a mão ao padre.

«A mão dum regicida?» Esta pergunta atravessa o espírito de António Navas (recorda-se da conversa com o padre Adriano. Conversa que veio a ter hoje de manhã um epílogo inesperado. António Navas decidira ouvir um sermão do velho mestre e colocar-se, de modo a não ser visto, num dos altares laterais. O padre Adriano prevenia as suas ovelhas contra as tentações de certas modernas doutrinas, criticou aqueles que se preocupavam demasiado com os problemas terrenos, pediu à mocidade que resistisse à tentação de alterar a ordem social. Dera a entender — embora não com nitidez absoluta — que a ideia revolucionária era uma armadilha do demónio para afastar os homens do amor de Deus. O padre Navas ficara perturbado, incapaz de compreender o mestre. Falava duas linguagens ou apenas uma? Falaria até mais de duas linguagens, conforme os interlocutores fossem brancos, azuis ou encarnados?)

Seguro de que a Maria Brenda não subira as escadas, Vasco diz ao padre:

— Aqui o senhor Alexandre não acredita nos homens. — Volta-se para Alexandre: — Não acredita em mim?

Alexandre hesita, pergunta:

— Em que sentido? — Não espera pela resposta. — Acredito numas coisas, não acredito noutras... Por exemplo: não acredito que saibas o que é preciso fazer amanhã. Que saibas concretamente...

Vasco passa a mão pelo queixo, desvia a pergunta, ataca:

— Quando alguém afirma que não crê nos homens e nas ideias, talvez procure pura e simplesmente um argumento para não fazer nada.

— Preferes que faça sem estar seguro do que devo fazer? — Desiste de levar a conversa por esse lado (o único lado verdadeiramente importante, segundo pensa), aceita participar no jogo de Vasco: — Concedo: não me quero mexer. Mas isso modifica o problema? E não vale a pena perguntares: «Porque é que não se quer mexer?» ou outros disparates semelhantes. É inútil... De resto, não quero ser responsável por nada deste mundo. Suceda o que suceder, o que suceder sucederá independentemente da minha existência e vontade. Não moverei um dedo, não farei um gesto. Por mais que pensemos, como poderíamos saber se foi fecunda a nossa intervenção? Se eu conhecesse o futuro... Mas não conheço. E nesse caso como agir sem receio de que os meus gestos sejam um crime? Cometi alguns erros quando tinha vinte anos. Nesse tempo tentei influir na marcha do mundo e, de certo modo, influí, pois fui um dos homens do Trinta e Um de Janeiro. Mas hoje? Procederia da mesma forma se soubesse o que viria a passar-se? Eis o ponto decisivo.

— Não. Dava ordens para atacar a Guarda Municipal e arrumava a questão. Eles fugiam...

— É possível que daqui a muitos séculos possamos tomar a história nas nossas mãos... Hoje, não! Hoje somos escravos do acaso, nada podemos fazer contra ele.

— Do acaso? Nem, ao menos, duma lei rigorosa, mas desconhecida?

— Achei! — diz de repente o padre Navas. — Nunca tinha percebido... Respondo-te com Ezequiel... «Fala o Senhor: Se tu não advertes o mau, ele morrerá em pecado, mas será a ti que Eu pedirei contas dele.» Ouviste? — Sorri, procurando obter a aprovação de Vasco.

— «Senhor» significa aí a consciência, a nossa consciência, não é? — Muitas vezes desejara aprovar o padre, mas o pudor do seu anticlericalismo não lho permitira. «Um homem como o Navas... Tenho andado cego... Porque não o aproveito?» Lembra-se de que o próprio Alexandre lhe dera essa ideia certo dia. Também: o pudor de se servir dum homem de boa fé que não poderia ter lugar no mundo novo, o pudor de o enganar.

Com uma prudência que nem a si mesma confessou, procurando tornar-se invisível, movendo-se docemente como se estivesse a assaltar uma casa, Maria Brenda mete a chave na fechadura, dá uma volta, entra com um ar simples e natural — a naturalidade própria duma futura grande actriz. Sobe os degraus, vê lá em cima a porta envidraçada, os vasos verdes e vermelhos da China. Bernardo ainda não estava, com toda a certeza. Bernardo, que dias antes lhe dera uma chave. «Para quê?» — «Um dia podes estar aborrecida, apetecer-te falar comigo ou até ficar sozinha a ver o Memling. De tarde nunca está ninguém em casa, salvo a mulher-a-dias às quartas-feiras, e podes ficar inteiramente à vontade.»

Maria Brenda guardara a chave, pois havia qualquer coisa de proibido naquele objecto e usava-o hoje pela primeira vez. (Horas antes tivera uma discussão com Vasco. O jornal dessa manhã dera a notícia de que fora preso um zé-ninguém, António Vaz, acusado de roubar a estação dos correios.) Abre a porta da sala. («Não te vais entregar?» — «Não.» — «Todas as provas são contra ele. Vão condená-lo injustamente.»)

Alexandre Soares:

— Sei lá como se deve proceder!

António Navas:

— O melhor que pudermos, o melhor que soubermos.

Vasco não responde. Maria Brenda fora procurá-lo nessa manhã ao jornal, fizera-a esperar mais de meia hora.

— Leste a notícia da prisão daquele homem? — disse-lhe isto sem mesmo dizer bom dia, e Vasco não compreendeu. Ela explicou:
— Foste tu... Pelo menos és o depositário do roubo, aquela pasta que me deste a guardar... Será condenado injustamente...

Respondera-lhe:

— Não há homens justos, não há homens condenados injustamente. E eu sou mais útil cá fora do que ele.

— Mais útil? Como sabes que és mais útil?

Alexandre Soares:

— Lutar e errar? Lembras-te do Wilhelm Meister? Tentou fugir aos homens porque por um lado nada se podia fazer por eles e pelo outro impediam que fizéssemos algo por nós próprios... Ouçam: ao homem consciente que serenamente observa o desenrolar da história nada é permitido fazer, pois não tem a certeza de nada. Sei eu lá se em última análise a Monarquia não será preferível à República! Sei eu lá se Deus existe ou não existe ou se é profundamente mau ou profundamente bom ou nem uma coisa nem outra? Não nos misturemos com os acontecimentos, eis a sabedoria. Deixemos que tudo corra por si mesmo... Evitemos a acção, já que não pudemos evitar o nosso nascimento. Evitemos actuar, pois não temos certezas e seria estúpido agir sem elas...

Maria Brenda abre uma janela e olha o jardim lá em baixo, um jardim desprezado com ervas altas nos carreiros, com um tanque seco onde outrora nadavam peixes vermelhos. Donde lhe vem essa paz se há poucas horas ouviu dizer a Vasco: «Não há homens justos. Ele sabia que vivemos em injustiça e não se revoltou contra a injustiça? Era então um cobarde, merece mil vezes a prisão?» — «Devia denunciar-te...» E, de súbito, um rato: corre em direcção ao tanque, volta para trás, atravessa um carreiro, some-se nas ervas, reaparece outra vez, perde-se finalmente. «Que terrível sorte nascer rato!» Falando sem saber com quem: «Nunca os viste dum lado para o outro quando saem dos buracos, sempre atentos ao primeiro ruído, prontos a fugir? Uma vida sem sossego, de permanente receio. Eis nossa grande superioridade: também temos os nossos problemas, mas esse medo permanente não o temos!» (Esta manhã voltou a encontrar o padre Navas sozinho no escritório. «Padre! Que prefere? Abraço-o ou não?» — «Prefiro que me abraces», respondeu. Maria Brenda aproximou-se dele, pôs-lhe as mãos nos ombros — ele estava sentado —, inclinou-se para o beijar. «Mas tenho esperanças que não o faças», continuou o padre, olhando-a friamente. Maria Brenda afastou-se em silêncio, foi até à janela, viu na rua uma rapariga a olhar para trás, voltou-se de novo para António Navas. «Que pensa de mim?», pergunta-lhe de repente. «Que pensas de mim?», responde ele.)

O padre:

— Alexandre! Tu não estás paralítico, tenho a certeza. Finges!

Mas Vasco, que não ouvira o padre, continuou:

— Traduzirei o seu discurso desta maneira: o que existe, por muitos defeitos que tenha, é o que mais me convém. Uma transformação, quer a favor dos grandes, quer dos pequenos, pode perturbar o sossego da minha vida.

— Porque hás-de assim deturpar as minhas intenções? Preferes a luta só porque é luta, mesmo que conduza a erros terríveis?

— Não há erros... Num certo sentido, o Trinta e Um de Janeiro foi uma coisa terrível. Mas não um erro, não posso aceitar que tantas mortes pesem na consciência de quem fez a revolução. O Trinta e Um de Janeiro foi um passo, é uma luz a guiar-nos, uma experiência para que da próxima vez as coisas aconteçam doutra maneira...
— Fala sem grande atenção, Maria Brenda não há maneira de vir, precisa de se encontrar imediatamente com ela.

— Maria Brenda! — Uma voz ao longe. Sobressalta-se, como teria Bernardo adivinhado? Esconde-se atrás do reposteiro e espera.
— Maria Brenda! — repete Bernardo, entrando na sala. Põe as luvas em cima da mesinha, afasta o reposteiro, estende-lhe a mão, puxa-a por um braço, empurra-a, obriga-a a sentar-se.

— Como sabias que eu estava cá?

— Adivinhei... — Tira um cigarro da carteira. — Queres? Maria Brenda responde que não. Risca um fósforo. — Sim, sou adivinho... Mas está muito escuro aqui! — Corre os cortinados. Tira do bolso do casaco uma carta. — Dás licença? — Abre a carta, lê-a por alto, põe-na em cima duma cadeira, aproxima-se de novo da Maria Brenda. — Adivinho... — Sorri.

— Não compreendo...

— Todos os dias represento esta comédia, mesmo sem saber se tu estás cá, mas com a esperança de que estejas! Todos os dias digo: «Maria Brenda!» E entro neste quarto: «Onde te escondeste?» Ou então... Supõe que deixaste cair um cabelo nas escadas... — Tira da carteira um cabelo, estende-o na palma da mão. Será teu, Isolda? — Aproxima-o da cabeça da Maria Brenda. — Será teu? — Afaga-lhe os cabelos. — Parece... — Afasta-se, vai até ao fundo da sala, abre um cofrezinho de loiça (o antigo telefone), guarda lá dentro o cabelo.

Vasco:

— Se aceito a mentira em política? Claro que sim. O que importa é vencer...

— Os fins elevados não podem legitimar os meios se estes os contradizem — objecta o padre.

— Velha conversa... Não creio, de resto, que seja essa a posição de Deus...

— Da Igreja?

— Como? O padre Navas admite a distinção? — Pausa. — Não, não, falo de Deus, deixemos a Igreja em paz. Pois não é verdade que Ele se serve do demónio e da tentação para experimentar a têmpera dos justos? Meu querido padre Navas: Deus emprega meios intrinsecamente maus para fazer o bem...

Carlota entrou um momento antes (e enquanto abria a porta Vasco ainda teve a esperança de que fosse a Maria Brenda, levantou--se para a acolher de pé), exalta-se:

— Como pode ouvi-lo com esse ar e sem um protesto? — Dirige-se ao padre. (Esta manhã, estava ele sozinho no escritório, apareceu a Maria Brenda. Tê-lo-ia beijado se não lhe opusesse um olhar firme. Maria Brenda atemorizara-se, dissera: «Padre! Não é tanto por mim... Desejo vê-lo feliz, feliz por uns instantes!»)

Alexandre, propositadamente a ignorar a presença da Carlota:

— Pertenço a outra época, Vasco. Ninguém no meu tempo ousaria defender a mentira com essa sinceridade.

— E no entanto foi sempre assim.

— Talvez. Mas havia pudor. — (Esta manhã, quando Alexandre entrou no escritório, Maria Brenda e o padre conversavam sobre teologia. Não seria o primeiro caso de um padre, de um homem, em suma, trair a amizade e a confiança dos pais. Se o António Navas fosse um impostor, se o António Navas...? Esmaga esta suspeita absurda.)

— Hipocrisia, diga antes.

A razão daquela conversa: o comício republicano da noite passada tivera pouquíssima gente a assistir. Por causa do mau tempo, talvez. Mas os jornais republicanos falaram em muitos milhares de pessoas. Mais ainda: no comício um dos oradores acusou o Teixeira de Sousa de roubar os dinheiros públicos. Era uma calúnia, mas Vasco defende o valor da calúnia. Alexandre cala-se. Para quê discutir? É evidente que não pode apoiar a hipocrisia. Mas quando os políticos das velhas gerações, os políticos das gerações anteriores a Vasco, embora mentindo, defendiam o sagrado valor da verdade — pensa —, o que neles havia era (como dizer?) a vergonha de mentir, pois, no fundo, respeitavam a verdade e sabiam que tal procedimento era condenável, tinha de ser escondido. A posição do crente em Deus que peca, mas envergonhado, e com o sentimento de que não deve pecar. O caso do Vasco era bem diferente. «Esta juventude que se prepara para a conquista do mundo pertence com certeza a outra raça. A mentira não a perturba e por isso não receia mentir, nem confessar que a mentira é uma arma como outra qualquer.»

— Se nas revoluções e nas guerras os homens não respeitam a vida dos outros e os matam, porque nos havemos de admirar que não lhes respeitem a honra e mintam?

Maria Carlota:

— Padre... Não fala?

— É mais importante ouvir do que falar.

— Não, um padre tem de falar — diz Vasco.

— Para salvar as almas?

— Talvez até os corpos.

— Sou um céptico, meu bom amigo... — Todos os olhos se fixam no padre e, mais brilhantes que nenhuns outros, os de Maria

Carlota. Os de Maria Carlota, não os da Carlotinha (e é para a Carlotinha que António Navas está neste momento a olhar). — Um céptico acerca dos efeitos da minha predicação — acrescenta, com um sorriso.

— Só quem não crê é céptico acerca da eficácia das suas próprias palavras — replica Maria Carlota.

Os olhos de Alexandre perguntam-lhe: «Dirás um dia *aquelas* palavras?» Carlota vira-se para ele, esquece a resposta de António Navas, percebe que os olhos do marido a interrogam. Não aguenta o olhar, volta-se de novo para o padre Navas e fica a ouvi-lo.

— Ainda que as minhas palavras pudessem ter algum efeito..., fossem como as sementes... Quanto tempo leva a fazer-se uma árvore? — Uma afta pequenina, quase indolor. Mas amanhã estará maior, depois de amanhã continuará a crescer, dentro de uma semana ainda existirá, ainda terá de refrescá-la muitas vezes com a língua, de a acalmar com uma pedra de sulfato de cobre, com algodão embebido em álcool, ou terá então de ir à farmácia para que lha queimem com nitrato de prata.

— Depende... — Alexandre. — Que espécie de árvore?

— Uma árvore grande, imponente como um castanheiro, uma árvore poderosa como convém a uma imagem que pretende sugerir ao homem o crescimento da palavra do Senhor...

— Cinquenta anos?

— Cinquenta anos... Aí está: dentro de cinquenta anos estaremos todos mortos. Mortos muito antes que as minhas palavras possam desenvolver-se como um castanheiro...

— Eu conto estar vivo — atalha Vasco. Mas não será indelicado afirmar uma coisa destas, abusar perante os mais velhos da sua própria juventude?

— Estaremos todos mortos, pois o mundo aproxima-se do fim...

— Não confundirá uma determinada civilização com o mundo? — E depois: — Salvos?

— Ignoro... Sei apenas, e saberei deveras?, que estaremos todos salvos ou todos condenados, pois somos todos responsáveis uns pelos outros.

— Não — interrompe-o Maria Carlota. — O que interessa a Deus é a alma individual. A minha, a do Alexandre, a do padre Navas... E cada um de nós terá de perder-se a si mesmo. Ou de ganhar-se...

— À custa dos outros se necessário for?

— À custa dos outros se eles nos quiserem perder.

— Quererei perder-te, eu que sou ateu? — Alexandre.

— Não, quero salvar-te. — Embora quase incapaz de ironia, acrescenta: — Corro até o risco de me perder para te salvar...

De repente, Alexandre sente o desejo de esquecer os outros e de dizer à mulher: «Eis-nos casados... Nem sequer somos infelizes! Mas imagina que um dia descobrimos que a nossa vida em comum não pode continuar? Não digo que tenha chegado a essa conclusão, falo do amanhã — se é que ainda temos amanhã. Se chegarmos? Se virmos portanto que este passado foi inútil, que devemos pô-lo fora, que seria preferível não ter existido, ocuparmos as nossas vidas em algo de mais importante e de maior futuro?»

Palavras que não diz. Hoje, pelo menos, pois um dia as dirá. Um dia dentro de seis meses? Poderia ser, mas dentro de seis meses — mais coisa, menos coisa — as palavras serão outras.

E tempos terríveis, esses de daí a seis meses, ainda próximos da queda do regime, tempos em que as pessoas sem memória sentem saudades do passado, mesmo quando era pior. Um momento em que a República já venceu e os republicanos se acham de súbito vitoriosos e perplexos, se insultam mutuamente, um momento em que alguns dos vencidos estão presos ou fugiram, um momento em que a cidade se agita, procura um novo equilíbrio através destas e doutras tentativas, um momento em que o destino dos homens se decide e se perde para muitas dezenas de anos (em 1935 Vasco fugirá para Espanha, em 1939 fugirá da Espanha para a Argentina e depois para o Brasil). De repente, no meio de toda essa perturbação, esta censura:

— Mas nunca pensaste que eu sofria? — Ela, Maria Carlota.

Naquele mesmo escritório, com aquelas mesmas mobílias nos mesmos lugares de sempre, com as gravuras inglesas, com as cadeiras de coiro a que faltam alguns botões (com eles, muitos anos antes de daqui a seis meses, Maria Brenda brincou e muitos anos depois brincará o Artur, neto da Maria Brenda, o neto da Maria Brenda que há-de ser preso em 1958 e que anos depois morrerá em Angola).

— Mas nunca pensaste que eu sofria?

Eu? «Eu» quando um mundo hesita e se desfaz e se reconstrói?

Eu. Eu. Eu.

— Mas nunca pensaste que eu sofria?

Pelo mundo, pois o mundo sofre, pois há gente nas cadeias e nos hospitais e até em casa? Não. Porque eu sofro. Eu.

Eu: Carlota, Carlota seis meses mais velha do que hoje, seis meses mais vinte anos mais velha do que no dia em que lhe desenharam o retrato. Ele, o homem a quem Maria Carlota se queixa: Alexandre Soares, também seis meses mais velho do que hoje, seis meses mais vinte anos mais velho do que no dia em que foi desenhado o retrato da Carlotinha. Seis meses em que se terão passado muitas coisas e coisíssima nenhuma — mas a casa estará mais vazia, Maria Brenda (seis meses mais velha) ter-se-á casado com Bernardo (seis meses mais velho).

— Mas nunca pensaste que eu sofria?

Esta frase inesperada, mas tantas vezes esperada, atingi-lo-á em cheio. Momentos antes, ele terá lido no diário escrito dois anos atrás o relato duma conversa com o António Navas que lhe confessara ter enganado um amigo ao amar-lhe a esposa. Uma conversa quase completamente esquecida.

Dentro de seis meses. Porque hoje, seis meses antes, ainda se lembra perfeitamente (como é que uma coisa, depois de resistir ano e meio ao esquecimento, acaba por perder-se quase inteiramente seis meses volvidos?). E quando o padre, voltado para Vasco, lhe diz:

— Amanhã a República terá a coragem de tirar da miséria os filhos do Buíça? —, Alexandre sorrirá. «Já enganaste um amigo e atreves-te a acusar alguém do que quer que seja?»

Vasco responde com um certo mal-estar:

— Esse auxílio poderia ser interpretado como a aprovação do regicídio...

Carlota:

— E no fundo, muito em segredo, não o aprovou?

— Sim, mas a hipocrisia, tanto do agrado ali do senhor Alexandre Soares, não lhe permitirá tamanha confissão... — Um ruído no corredor. Maria Brenda?

Desta conversa, Alexandre Soares não recordará uma única palavra dentro de seis meses. Do outro diálogo, o diálogo com António Navas (dois anos antes), ainda recordará qualquer coisa, embora pouco. Mas um diário é um modo artificial de conservar as coisas que, de outro modo, talvez sabiamente, a memória esqueceria, coisas que, no momento próprio, não chegaram a ter grande importância, foram escritas por disciplina, pois nada mais havia nesse dia a dizer. O tempo vai passando, elas ficam ali, levedam, crescem, mudam de sabor e de significado. De repente, quando lidas de novo, tornam-se importantes — elas que se não tivessem sido escritas estariam mortas. Tão importantes que Alexandre pensará: «O marido sou eu, o marido enganado sou eu. Aquelas palavras eram para mim.» Estará a observar a Maria Carlota, a hesitar se deverá ou não dizer-lhe qualquer coisa, se deverá acusá-la brutalmente, mas ela dirá, não adivinhando o que se passa dentro da cabeça dele:

— Mas nunca pensaste que eu sofria?

«Que eu sofria» num momento em que haverá vencidos nas prisões ou no exílio, em que o destino dos homens se jogará, em que os republicanos vitoriosos estarão a perder a batalha dos próximos setenta anos. Eu. Eu. Eu.

Seis meses antes de seis meses depois:

— Disparates! Crêem no progresso! — Alexandre.

— Sim, numa justiça cósmica... Se quiserem chamem-lhe História e não Deus... — ataca-o António Navas.

— O universo é absolutamente neutro. Eis o problema, eis a tragédia. Como é possível uma coisa tão terrível? Como é possível que o universo, esse universo em que os homens nunca serão neutros, seja completamente neutro, completamente indiferente? Ah, mas vocês não se preocupam com os problemas autênticos, mascaram-nos com frases, sentem-se satisfeitos quando falam em Deus, em justiça cósmica, ou em justiça revolucionária. Compreendem? Ao menos o universo poderia ser neutro, mas humorista... Nem isso, é surdo, é mudo, é cego.

Seis meses depois de seis meses antes:

Maria Carlota calçava umas sandálias, viam-se-lhe os dedos dos pés, a unha do polegar parecia enorme, havia talvez seis meses que não era cortada. Enquanto ela pronunciava a palavra «sofria», Alexandre pensará: é estranho que este pé esteja ligado a alguém que sofre. Pensará, sempre com os olhos no pé e na unha imensa: «Não, não posso amar-te!»

— Mas nunca pensaste que eu sofria? — Deixará prolongar-se uma pausa que nunca mais termina, que termina afinal. E dirá inesperadamente, ela, que tem aquele pé e aquela unha comprida: — É bom viver. — O tio Luís que fala? Não. — Nós fomos felizes, Alexandre, nós somos felizes.

Ele, não compreendendo:

— Sê-lo-emos amanhã?

— Sê-lo-emos amanhã... Mas eu sou, eu sei ser feliz...

«A cruz que te impuseste, tu, tu, tu.» Observa de novo o retrato da Carlotinha.

— És capaz de me ensinar?

Ela:

— Não és então feliz?

«A cruz que te impuseste.»

— Sim, talvez não se possa dizer que o homem marca um progresso em relação ao chimpanzé... Mas nós, aqui sentados a conversar, aqui comodamente instalados, nós, sim, marcamos um progresso em relação ao homem da pedra lascada. Mais: em relação ao século XVIII. Mais: em relação a meia dúzia de meses atrás. — Vasco, sem esperança de ainda hoje encontrar a Maria Brenda.

— Tu? — Alexandre, irónico.

— Eu sozinho talvez não, é evidente que não me posso comparar com o Arquimedes ou com o Descartes. Quero dizer: nós. Nós vivemos mais do que dantes, nós comemos melhor, nós... Quando digo nós, quero dizer: alguns de nós, pois muitos de nós continuam a morrer novos por falta de médico, a ter a mesma fome... Mas não é esse o nosso dever, procurar que o progresso se estenda a todos? — Sorrindo: — Embora o universo seja neutro...

«A cruz que te impuseste.»

— Ouve...

— A felicidade não se ensina, é um estado de graça.

— Da qual estou excluído?

Os olhos de Carlota iluminar-se-ão subitamente.

— Serás chamado em breve. — Um murmúrio, quase envergonhada.

Desamparado, incapaz por temperamento de prosseguir um diálogo daquela natureza, Alexandre nem perguntará o que significam tais palavras. Nesse instante, nada para ele terá importância, nada, porque sente bem fundo que não a pode amar, que é impossível tê-la amado alguma vez, impossível ter amado até a própria Carlotinha vinte e tal anos atrás, quando avançou para ele com uma rosa na mão. Alexandre pega num cravo (trouxe-lho a Maria Brenda ontem, actualmente ele só tem cravos no escritório quando a filha vem visitá-lo e às vezes passa-se uma semana inteira que não a vê), cheira-o.

Pouco depois, como a mulher se debruçasse de novo sobre o tricot, escreve: «O amor está morto.» Ficará a olhar longos momentos para essa frase azul desenhada no papel branco sem linhas. Gostaria de imaginar por detrás daqueles riscos materiais uma alma, um sentido profundo e terrível. «O amor está morto.» Leu e releu, olhou muitas vezes a Carlota, a unha do polegar que durante seis meses desconhecera uma tesoura. E de súbito sente um remorso incómodo como se estivesse a trair a mulher, pois ao escrever aquela frase ficará solidificada para sempre qualquer coisa que de outro modo a memória esqueceria. Assim, a frase vai levedar, crescer, mudar de sabor e de sentido. Tornar-se-á inevitavelmente importante e eterna, essa frase que estaria necessariamente votada à morte se tivesse sido apenas pensada e nada mais. Mas o amor — oh, estranho mundo este! — permanece vivo, bastou negá-lo para que ele reflorisse.

Com o cravo branco sob o nariz, olhará de novo para a Maria Carlota, entregue ainda ao tricot. Vê-a como é: envelhecida (seis meses mais velha do que seis meses antes), sem beleza. «Como posso amar-te, será um hábito o amor, será preciso coragem para deixar de amar? Sim, afinal o que é difícil é deixar morrer o amor, o que é fácil é conservá-lo vivo?» Com a imaginação atravessa a sala, abraça a mulher, beija-a. Ah, teria de fechar os olhos! Como poderia abraçá-la com aquelas sandálias, com aqueles dedos dos pés e sem fechar os olhos? «Aceito esta sorte como coisa irremediável ou procurarei rejuvenescer o amor como se neste instante começasse a amá-la pela primeira vez? E conquistá-la, reconquistá-la em cada instante?»

— Valerá a pena, Carlota? Valeremos o esforço que nos daria a ambos salvar este nosso casamento?

— Para quê salvar o nosso casamento? — responde ela com um sorriso evasivo.

— Para sermos felizes.

— Há muitas maneiras de ser feliz. Porque havemos de escolher esta maneira? Porque não vamos procurar a felicidade e o amor fora do casamento? — Observa-o. Irónica? Não pode ignorar a situação dele. Cruel, portanto.

Não. Procura ampará-lo, procura convencê-lo de que a vida não acabou: mesmo para um homem como ele o dom-juanismo não seria impossível.

Cruel — pensará Alexandre.

Hoje, seis meses antes:

— A vossa revolução... — Carlota. — Vejo-vos a perseguir os vencidos, a...

— Não. Persegui-los-emos pouco. Tão pouco que viremos a ser perseguidos por eles.

— E nós? — Alexandre.

— Nós o quê? — Vasco

— Como olharemos um para o outro? — Alexandre.

— Seremos inimigos. — Vasco Miroto com um sorriso.

Esta manhã, depois de a Maria Brenda ter dito ao padre que desejava vê-lo feliz, o padre respondeu-lhe:

— Far-me-ias infeliz, Maria Brenda. Se eu falho no meu voto, ficarei irremediavelmente infeliz.

— Não será uma promessa estúpida?

— É a regra do jogo, do meu jogo... — Ergueu-se, sacudindo do ombro de forma discreta uns restos de caspa, continuou: — As regras dos jogos não são nem deixam de ser estúpidas...

— Se se deixasse tentar, que pensaria Deus?

— Deus não se preocupa com tão pequenas coisas. Ele criou o amor e acha-o belo. O problema é meu, é nosso, dos padres. Escolhemos este jogo, não há jogos sem regras, e é tudo!

— De todos os padres?

— Meu, pelo menos.

Alexandre entrou nesse instante empurrado pela Carlota, a conversa morreu.

11

Cada homem traz no ventre o seu próprio futuro (vive intimamente com ele, dorme, come com ele), esse futuro pelo qual se sacrifica, tantas vezes, pelo qual morre antes de chegar a vê-lo nascido, futuro que nunca chega a conhecer, que está lá adiante à espera mas nunca espera.

Maria Brenda terá a sua noite de estreia, embora nunca venha a ser uma grande actriz. Por falta de talento? Nem isso. Porque não calhou. Ou melhor: porque não trazia no ventre a sorte de o ser e nessa noite de estreia — daqui a pouco mais de um ano — passar-se-á qualquer coisa que aparentemente não estava prevista. No momento exacto em que diz:

— «Senti então que tinha vivido oito anos com um estranho e que tivera três filhos desse estranho... Ah, não quero mais pensar nisso! Apetecia-me...» — Neste momento exacto.

O Teatro Nacional estará cheio. Hoje, ela (que dois anos antes interpretou aquele mesmo papel no Centro Luís de Camões) ainda não concebe que virá o dia em que há-de ter na sua frente (embora as luzes não deixem ver bem) uma plateia inteiramente ocupada a ouvi-la, uma plateia que várias vezes já lhe deu palmas, que delirou no final do segundo acto. Uma plateia inteira? Coisa estranha: a cadeira de Bernardo, do seu marido Bernardo, de Bernardo que tanto a terá ajudado, de Bernardo a quem ela tanto deve, de Bernardo que moveu influências, gastou dinheiro, terá fingido que não moveu influências, nem gastou dinheiro, permanece vazia. Bernardo que lhe deu confiança, meigamente a amparou, empurrando-a para diante, Bernardo deixará a cadeira vazia. Vasco não, Vasco está lá, Vasco a quem Maria Brenda terá dito no dia anterior:

— Porque me casei com ele? Por tua culpa... E tu sabias... Sabias e nada fizeste para o evitar. Eras um herói. Porque te fingias um herói?

— Nunca fingi...

— Nunca fingias. Eras.

— Não. Não fingi, nem era. Nem sou.

Minutos antes, através da porta semiaberta do quarto, Vasco ouvira a voz da Maria Brenda:

— Mora aqui o senhor Vasco Miroto? — Depois a Alzira, meio tom abaixo. Não percebe. Vasco só volta a perceber quando Maria Brenda volta a falar, meio tom acima: — Ele está?

Foi até ao corredor ver o que se passava.

Maria Brenda compreendera tudo, leu tudo nos olhos da Dona Alzira. Viu-a corar, empalidecer. Viu que não era desinteressante, percebeu que gostava de Vasco, receou que já tivessem dormido juntos, sentiu-se ofendida. Aproximou-se do Vasco e beijou-o — poucas vezes o beijara e beijava-o para a Dona Alzira ver.

— Preciso de te falar... — Procurara-o por causa da estreia do dia seguinte, sentira-se tomada de pânico, precisava que Vasco a sossegasse, lhe garantisse o apoio do jornal. Mas nesse momento, vendo a Dona Alzira, esqueceu-se de tudo.

Na noite anterior e mais uma vez, Dona Alzira respondera ao telefonema da Maria Brenda: «O senhor Miroto não está em casa.» Por duas ou três vezes protestara contra o procedimento de Vasco, deitando-se por um lado com ela e pelo outro nunca chegando a acompanhá-la à rua, não a levando nunca ao teatro, ao contrário das promessas dos bons tempos. Se chorava, ele respondia:

— Que queres? Sou assim.

— Então não gostas de mim?

— Gosto, mas isso não tem nada a ver com o resto.

— Gostas doutra?

— Descansa, só gosto de ti. — Abraçara-a, imitando o mais possível a ternura verdadeira, esquecendo-se por instantes das greves que tantas preocupações estavam a dar ao governo republicano (ou da vida no jornal, ou da operação ao apêndice que terá de fazer mais mês menos mês). No dia seguinte levava-lhe um ramo de violetas ou uma tábua de chocolate suíço.

— Sou assim — repetia.

Ela conformava-se. Talvez um dia Vasco se transformasse. No fim de contas não era preferível conservá-lo, não era ele, apesar de tudo, a única esperança que lhe restava? Três meses antes dissera-lhe:

— Se pudéssemos viver sem mais nenhum hóspede em casa...

— Poderemos? — perguntara ele, avaliando os prós e os contras.

A Dona Alzira receara que Vasco não quisesse. Aquilo era uma tentativa de criar entre ambos uma intimidade sem mancha, uma perfeita vida de casal, um casal que não tivesse de se esconder dentro da sua própria casa.

— Com um pouco de sacrifício, porque não? — Ao mesmo tempo esperava dele uma ajuda, uma contribuição financeira, não tanto pelo dinheiro, mas porque essa igualdade em suportarem as despesas quotidianas havia de reforçar a intimidade entre os dois, estabeleceria novos laços.

— Se pensas que podes — respondeu ele. — Mas ganho pouco, não posso ajudar-te. — Os prós: a roupa lavada, maiores cuidados, geleia ao pequeno-almoço... Os contras: a perda de uma certa liberdade, a...

— Teremos a nossa casa, seremos marido e mulher.

— Que queres? Sou o que sou.

— Então não gostas de mim?

— Gosto, mas isso não tem nada a ver com o resto. — Bateram à porta e a Alzira foi abrir, viu-se de súbito diante de uma rapariga nova e bonita. De uma rapariga? Tinha aliança no dedo.

— Mora aqui o senhor Vasco Miroto?

— Mora, mas...

— Ele está?

Vasco foi ao corredor ver o que se passava. Maria Brenda.

— Posso falar a sós? Onde é o teu quarto? — Queria propositadamente fechar-se com ele, fazer imaginar «coisas» à dona da casa. Ele encaminhou-a (lembrando-se ao mesmo tempo da primeira conversa a sério com a Dona Alzira, acerca do tal hóspede que levava mulheres para o quarto). Fechou a porta.

— Que se passa?

Maria Brenda estava furiosa, embora calma. Ciumenta?

— Nunca pensei... Dormes com aquela mulher? — Perfidamente senta-se na cama, começando a abaná-la para a outra ouvir.

— Maria Brenda!

Maria Brenda levantou-se.

— Sempre te imaginei um puritano.

— Alguma vez to dei a entender?

— O teu comportamento comigo... Nunca tentaste beijar-me, se me beijaste foi porque eu...

— Talvez seja tímido.

— Nunca pensei.

— Vamo-nos embora. — Abriu a porta, pegou nela por um braço, saíram. — Porque quiseste fazê-la infeliz? Sente-se feliz, supõe que gosto dela, não tem mais nada... Quem te deu o direito de lhe roubares essa ilusão? Ah, as ilusões vitais... Foi o teu Ibsen que falou nelas.

— Hipócrita! Porque me casei com ele...? Por tua culpa... E tu sabias e não fizeste nada para o evitar... Eras um herói. Porque te fingias um herói?

— Nunca fingi...

— Não fingias. Eras.

— Não. Não fingi, nem era. Nem sou.

Agora as cadeiras estão todas ocupadas, menos uma, a do Bernardo. Bernardo, o seu marido Bernardo, Bernardo que tanto a terá ajudado, Bernardo a quem ela tanto deve, Bernardo que moveu influências, gastou dinheiro, terá fingido que não moveu influências, nem gastou dinheiro. Não chegou ainda para se sentar e assistir a um triunfo que também é dele. Bernardo que no dia anterior, quando ela e Vasco saíam de casa da Dona Alzira, atravessou a rua (seguira-a, espiava-a) e foi ter com eles. Sorridente.

— Por aqui?

Os dois em frente da porta, em frente dele, e sem uma palavra! Sem uma palavra sequer para dizerem a verdade, pois há momentos em que o pudor manda calar a verdade porque a verdade parece mentira.

Um vulto ao fundo. Maria Brenda estará a dizer:

— «Senti então que tinha vivido oito anos com um estranho e que tivera três filhos desse estranho... Ah, não quero mais pensar nisso! Apetecia-me...»

O vulto aproximara-se entretanto da cadeira vazia, incomodara uma fila inteira de espectadores rabugentos, chegara ao seu lugar. Não se sentou imediatamente. Porquê?

— «Apetecia-me...»

Tira do bolso um revólver, ouve-se um tiro.

Em 25 de Outubro de 1911, Bernardo estará morto. Não apenas em 25 de Outubro. Em 26, em 27, em 28... Não apenas de Outubro.

De Novembro, de Dezembro. Não apenas em 1911. Em 1912, em 1913... Estará morto (oh, como é possível, como é possível?), morto para sempre, irremediavelmente para sempre.

12

Estará morto. Estará morto. Pois é próprio dos seres que trazem a morte no ventre acabarem por estar mortos. Estará morto, morto, assim como todos os homens, pois todos os homens acabarão por estar mortos.

Hoje, presente do indicativo, não. Hoje, presente do indicativo, está vivo. Vivo, solteiro, quase feliz — e Maria Brenda decidira procurá-lo, sobe a escada (um dos ferros da passadeira soltou-se, Maria Brenda tropeça, o ferro vibra com um som de corda frouxa), abre a porta de vidro guardada pelos vasos da China, atravessa o corredor cheirando a mofo, entra na sala, fica de pé alguns segundos a ver o homem da moeda na mão. Da janela descobre um velhote a empurrar um carrinho cheio de embrulhos, uma rapariga muito alta parada no passeio e atenta a qualquer coisa. «A quê?», pergunta Maria Brenda, cheia de curiosidade. Se abrir a janela, saberá, mas receia ser vista. A curiosidade vence o medo, a memória segreda-lhe lá do fundo uma cena idêntica, força-a a desvendar o mistério. Debruça-se, espreita. O alvo da rapariga alta: uma carroça puxada por um burro; e o dono da carroça a pesar laranjas. Ou maçãs? Desiludida, Maria Brenda fecha janela, tentando lembrar-se do nome daquele tipo de balanças.

Bernardo chega pouco depois. Sorri (está vivo, portanto pode sorrir), aproxima-se, beija-a na testa enquanto lhe afaga a cabeça (dez dias antes decidiram casar o mais depressa possível), vai abrir as cortinas, e num relance vê no passeio da frente um homem a pesar cebolas. «Como se eu fosse casada», pensa Maria Brenda. Aqueles gestos são os gestos tornados hábitos de quem já casou. Bernardo abrira uma carta (como um homem casado, sem pedir licença), uma carta ridícula de papel azul, e ela pergunta:

— Beijaste-me sem dares por isso. Será possível? Será possível que já possas beijar-me sem dares por isso?

Vasco chegou mais cedo.

— Como está bonita! — diz. Não mente: a Dona Alzira deixara o roupão amarelo esfiapado no peito. Arranjada, era outra mulher, uma mulher apetecível. E mais nova. Com a curva das ancas bem nítida, com um vestido apertado na cintura.

— Não faça pouco... — responde ela, tímida e satisfeita.

— E quando sai? Quando vai até à rua mostrar o seu vestido e distrair-se...? — Oh, estranho mundo! Ele, que seria incapaz de se despir diante de um amigo de longos séculos, está disposto a despir-se diante daquela desconhecida, só porque é mulher, só porque é interessante!

— Sair aonde? Não conheço ninguém...

Meio a brincar, meio a sério, ele diz:

— Um dia acompanho-a, sou eu que vou levá-la a um passeio.

— Um rapaz novo quer lá andar com uma velha!

De há uns tempos a esta parte ela punha-lhe no quarto toalhas limpas de dois em dois dias, mudava os lençóis da cama todas as semanas — os dois lençóis e não a velha manobra de passar o lençol de cima para baixo.

— Telefonou uma senhora...

— Disse quem era? — Só podia ser a Maria Brenda.

— Não — responde a Dona Alzira. — A sua namorada, com toda a certeza. — Recusa-se a acreditar numa namorada, Vasco tem de ser finalmente a felicidade que desce sobre a vida dela, pois a vida dela não podia ter terminado, sempre esperara, sempre soubera que Deus não podia permitir para sempre aquela solidão, havia de condoer-se! (A Dona Alzira reconheceu-o logo no primeiro dia em que lhe perguntou o preço do quarto...)

— Não tenho namorada.

Maria Brenda, decerto.

Maria Brenda em casa do Bernardo para lhe contar o que se passa com o António Vaz. Mas deverá contar? Será verdade que a liberdade de Vasco é mais importante do que a do António Vaz? Que os homens como o António Vaz podem permanecer na prisão, que os homens como o António Vaz merecem até a prisão — embora não tenham roubado selos nem coisíssima nenhuma? Será verdade que não há homens justos? Não se atreve a falar directamente do caso, prepara o terreno:

— Não sentes vergonha, Bernardo, por nada fazeres de útil pelo mundo? Nunca te disseste: «Enquanto alguns homens procuram transformar a Terra, que faço eu?»

Repete esta pergunta de tempos a tempos. Pergunta a que Bernardo responde sentando-se, cruzando as pernas, colocando cuidadosamente um cigarro na boquilha de marfim:

— Não sou responsável pelo mundo... — Desejaria saber: «Gosto dela por causa destas perguntas ou estas perguntas aborrecem-me e respondo-lhes sempre, mas aborrecem-me?» Declamou:
— Olho para mim e vejo o que está nos limites das minhas possibilidades: eu próprio. Sim, de mim próprio sou responsável e compete-me fazer desta matéria informe algo de grande. Como direi? Fazer da minha própria vida uma obra de arte, aproveitar o que a natureza me deu. — «Gosto dela porque posso falar assim, gosto dela porque não me atreveria a falar assim a mais ninguém, gosto dela porque sabe o que me deve perguntar para eu ser um herói de Racine?»

— Maria Brenda... A natureza seria tão cega que só por acaso e sem qualquer finalidade teria feito de mim um homem rico e dotado? Inverosímil... Creio numa profunda intencionalidade de todas as coisas. Aquela flor está ali ao canto e não aqui, pois isso tem de ser, pois isso obedece a um desígnio...

— Aquela flor está ali porque eu lá a pus.

Declamando:

— Sim, mas o desígnio é que te comandou o gesto, como foi o destino que fez de mim o que sou. E compete-me acabar, desenvolver esse destino de que o meu nascimento é o esboço incompleto. Eis a minha responsabilidade perante o universo! Sim, sinto-me responsável, sentir-me-ei envergonhado por mim e pelo mundo se não acabar este esboço que por ora sou. Seria um crime não completar a obra. Oponho-me a todas as modificações sociais, quantas vezes te disse?, a essa revolução que está prestes a rebentar. Ela alteraria as condições normais da marcha do mundo, a intencionalidade das coisas...

Maria Brenda levanta-se, vai à janela que dá para o jardim, um jardim desprezado, com ervas altas nos carreiros, com um tanque seco onde outrora nadaram peixes vermelhos. Poderia suspender ali aquela conversa, mas que iriam fazer os dois se não conversassem? Pensa: conversar é uma forma de passar o tempo. Diz, irónica:

— Mas a revolução não foi prevista pela tal intencionalidade? Foi uma falha, um esquecimento da natureza...?

Dona Alzira está segura de que Deus não a enganou:

— Um homem como o senhor não tem uma namorada?... Impossível! — Comédia puramente feminina. Ela *sabe*: ele não tem namorada, Deus não pode abandoná-la (é tão modesta, exige tão pouco, tão pouco! Não, Deus não pode esquecê-la, conceder-lhe-á um bocadinho de ternura, dar-lhe-á Vasco).

Vasco prefere valorizar-se, apesar de tudo:

— Não. Mas há uma ou duas meninas que me perseguem. — Lê o pasmo no rosto da Dona Alzira. — Não gosto de raparigas novas — acrescenta, a sossegá-la. «Maria Brenda voltará a telefonar? Não a vê há tantos dias...!»

— Não quero incomodá-lo, está a perder o seu tempo...

— Incomodar-me porquê? Só se a minha companhia lhe desagrada...

Bernardo:

— Imagina uma revolução, eu deixava de ter esta vida... Precisaria de trabalhar, já não poderia completar-me... — Um sorriso indecifrável, Maria Brenda hesita: falarás a sério?

— Bernardo... Não quero ser desagradável, mas como obra de arte a tua existência deixa muito a desejar. — De súbito, no jardim abandonado, um rato. Corre em direcção ao tanque, volta para trás, atravessa um carreiro, some-se nas ervas, reaparece outra vez, perde-se definitivamente.

— Porque eu — Hesita. E de súbito: — Se a adoro, se a adoro...

— Senhor Miroto! — responde ela, tomada de pânico, fugindo para a porta. — Por quem é! — Esconde a cara com as mãos, apreensiva. Feliz.

— Se a adoro — continua ele, procurando lembrar-se de todas as frases feitas de que estão cheios os romances sentimentais. — Sente-se, por quem é, não se aflija... Se as minhas palavras lhe são desagradáveis, se a minha presença lhe é insuportável, diga-me uma simples palavra e eu saio, não me atreverei a importuná-la mais. — Alguns instantes passados, e há-de apertá-la com força, mexer-lhe nas pernas, apalpar-lhe o rabo.

— Senhor Miroto!

— Ainda não morri — diz Bernardo. — Mas talvez não saibas que escrevo... Queres ouvir? Ainda não acabei, é um esboço...

— Recita-lhe de um só fôlego um rosário de palavras que ela mal entende: — Rio-de-águas-lentas-silenciosas-e-brancas-mar-submerso-onde-o-meu-coração-se-refugia-veia-subitamente-inchada-e-aberta...

Receia o ar irónico da Maria Brenda, suspende a recitação. Fica à espera com um sorriso constrangido, tentando adivinhar-lhe os pensamentos, disposto a reagir assim ou assado consoante a Maria Brenda o leve a sério ou não.

— Acabou?

Não, não tinha acabado, mas limita-se a um gesto que nada quer dizer. Adiantar-se às palavras dela, confessar: «Bem sei que isto é muito mau» se pressentir que não gostou. Ou, caso venha a dizer que gostou: «Gostaste? Achas que vale alguma coisa? Queres ouvir o resto?»

Maria Brenda não tem coragem de confessar a verdade. Prefere mentir, mas receia que Bernardo se entusiasme, recite novas poesias, prolongue portanto aquele mal-estar. Ilude a resposta (e o padre Navas quando lhe resiste não mentirá também? E se de facto se encontrasse com a mãe...?)

— Gostei. — Respira fundo, desaperta um botão da manga da camisa. — Mas valerá a pena escrever mais poesia hermética? — Agarra-se a este filão, procura explorá-lo. — Bem sabes que sou democrata, bem sabes que desejo uma arte popular.

— Com o teu Debussy? — Um ar abafado. Abre as janelas que dão para a rua. — Toda a poesia é hermética, toda a grande arte. Depois pode tornar-se acessível através das interpretações, dos comentários, da crítica, da moda... Há aqui uma corrente de ar, não é?

— Talvez fechando a outra janela... — Uma comichão desagradável no pescoço.

— E não vais querer que eu acredite na arte social. A arte é sempre individual e não sei de nenhuma obra-prima que tenha provocado modificações sociais...

— Nem Dickens?
— O romance é uma arte menor.
— Talvez fechando o reposteiro...
— Não fica muito escuro?

— Mas não — continua Vasco. — Como podem as minhas palavras ofendê-la se são a expressão do amor que arde no meu peito, se são tudo o que de mais sincero, de mais puro, existe dentro de mim...? Ah, não me diga nada, fique em silêncio, deixe-me ter uns momentos de ilusão! Sim, mesmo que não goste de mim, não tenha a mais pequena centelha de amor por mim, prolongue-me a esperança por mais uns segundos, não revele já a terrível verdade, não, não diga...

— Mas...

— Uns segundos mais, deixe-me falar, deixe ser eu a falar. Desde o primeiro dia em que a vi... Não, não foi no primeiro dia. De princípio ignorei-a, meu amor, foi a pouco e pouco, a pouco e pouco...

— Senhor Vasco! — dizia ela com as lágrimas nos olhos. — Senhor Vasco! Mas eu sou uma velha, eu...

— Amo-te, meu amor. Ah, não te peço mais, deixa-me apenas amar-te, amar-te... — Beija-lhe as mãos. — Meu amor...

— Sim, somos um esboço — diz Maria Brenda —, cada um de nós é simplesmente um esboço... — Mas não é como tu entendes, Bernardo. Somos como as árvores. Ver um pinheiro que poderia crescer se lhe dessem boa terra, humidade e sol...! Não é de sentir vontade de chorar saber que essas possibilidades foram abafadas, que não puderam desenvolver-se devido ao mau terreno? Não peço que o pinheiro componha música, ou se dedique à astronomia, mas que seja pinheiro, dê sombra, dê resina, dê lenha. — Coça o pescoço. — Eu também não quero compor música ou dedicar-me à astronomia, mas ser aquilo que modestamente sou. Ter livre acesso aos bens deste mundo, os bens do espírito, os bens do corpo. Os bens para que nasci, os bens que me são acessíveis, que são legítimos e essenciais à minha humanidade..., talvez somente sombra, somente lenha, somente resina... Pois não é verdade que não sou apenas aquilo que o mundo, o mau terreno, me deixam ser, não é verdade que sou também aquilo que poderia ser se o bom terreno permitisse...?

— Que significam essas palavras? — pergunta Bernardo, com as sobrancelhas franzidas. — Que não nasci para fazer versos, mas para ser pó, cinza e nada?

— Não, não... Não me referia aos teus versos, mas às palavras anteriores. Que éramos um esboço... Queria dizer isto: realizemo-nos, sim, mas não à custa dos outros. — Uma fogagem incómoda, ardente, no pescoço, uma fogagem que lhe surge sempre com este lenço de seda.

— Ah, não era um comentário aos meus versos! — Insiste, rebusca um sorriso para sublinhar a insistência. — Já não te lembravas deles... Não os achaste dignos de comentários, voltaste à conversa anterior, como se eu...

— Deturpas as minhas intenções...

— Bem sei, bem sei que não prestam... Julgas que não sabia? — Aflige-se com o ar patético desta última pergunta, não vá a Maria Brenda imaginar que liga alguma importância aos versos. — Sujeitei-te a um exame, sabias? Eles são maus. Se tu gostasses deles, então gostavas de mim...

— Desejas um amor cego, um amor ignorante dos defeitos?

— Desejo um amor cego.

— Senhor Miroto... Desde que meu marido morreu... Não quero enganá-lo...

— Meu amor — repetia Vasco, apertando-a com força, encaminhando-a para a cama, metendo-lhe as mãos por baixo das saias.

— Ele embebedava-se, perdia o juízo, bateu-me tantas vezes... Mas eu sei que gostava de mim e sacrificou a vida pelos outros...

Aquele súbito discurso perturbou Vasco, estava fora do tom. Não fora ela a provocá-lo? Teria agora de lhe aturar um súbito remorso, uma súbita crise de consciência?

Maria Brenda:

— Não vês então os meus defeitos?

— Porque gosto de ti? Vejo... Mas o meu amor não é cego, sou incapaz...

— Um dia vieram dizer-me... A guarda tinha-o morto numa manifestação, ele não fugiu a tempo...

Vasco afasta a cabeça, sentindo um punhal cravar-se-lhe na emoção.

— A guarda matou-o?

Ela não responde. Baixa os olhos, arranca o punhal que o paralisa, atira-lhe os braços ao pescoço.

E ali, com a luz apagada, poderá ele recordar-se da tarde remota (mas àquela mesma hora e naquele mesmo dia do ano) em que a sua vida poderia ter-se inteiramente modificado, dessa tarde em que a sua vida pouco se modificou ou se modificou somente por três anos — até que a memória a pouco e pouco se diluirá na recordação vaga de duas pessoas que entretanto envelhecerão muito longe uma da outra, de duas pessoas votadas à morte (como toda a gente)?

— Os actores criam ilusões sobre o palco. Não deverão ter a coragem de prolongar essas ilusões para além do teatro? Por exemplo: durante hora e meia sou a Nora e para meia dúzia de pessoas continuo a ser a Nora mesmo depois da hora e meia. Quem sabe se um marido que passou a vida inteira com uma boneca não descobre de repente que desejava a revolta da mulher e um diálogo autêntico?

Esse marido, que finalmente compreende o fracasso do seu casamento, talvez deseje conversar comigo, a Nora, sentir em mim a mulher que lhe faltou...

— Os maridos que procuram as actrizes não as procuram por serem a Nora ou a Fedra, mas porque são belas mulheres. Dá prestígio amar e ser amado por uma bela mulher que toda a cidade conhece e deseja.

— Não digo que não. Esses casos, naturalmente, não me interessam. Mas os outros? — Alta, o seio pequeno, as ancas largas, a cintura estreita. E os olhos verdes, os cabelos muito pretos. E os lábios vermelhos, os dois dentes da frente um tudo-nada separados.

— Haverá outros?

— Com certeza... — Maria Brenda tem um cravo na gola do casaco e tenciona oferecê-lo ao pai. — Penso, penso, tantas vezes: porque precisarão os homens de uma apresentação para se darem uns com os outros? Tantas vezes me tem sucedido conhecer alguém de vista e, por qualquer razão, ficar interessada numa conversa! Mas nada posso fazer, pois ninguém nos apresentou e pareceria mal se eu... De resto sou tímida, não me atreveria. Que estupidez! Sou tímida porque me ensinaram que parecia mal. Quando uma criança nasce devíamos dizer-lhe, ao mesmo tempo que lhe damos um nome: «És um ser humano. A partir de hoje podes dirigir-te a todos os seres humanos que vivem sobre a Terra e ninguém te responderá que não te conhece. Todos os homens se conhecerão, poderão conviver uns com os outros sem mais nada, pelo simples facto de terem nascido, de estarem descritos na mesma página da zoologia.» — Parados no meio do passeio, Maria Brenda recitava estas palavras com o braço estendido, como se prestasse um juramento no forum romano ou estivesse a representar no palco.

— Seria terrível — dissera Vasco. — Alguns homens são tão incómodos! Imagine o homem que ali vai à nossa frente... Vira-se de súbito e vem ter connosco...

— Egoísta — responde ela. Continuou, abandonando o tom declamatório, baixando a voz: — Está a conversar comigo, está a gostar de conversar comigo e ninguém nos apresentou. Eu não devia ter aceitado a sua companhia! — Irónica.

Ele, a brincar:

— Ora! Sou jornalista, posso ser-lhe útil...

— Sim, se não fosse jornalista não teria começado a falar consigo.

Haviam mandado Vasco ao Centro Republicano Luís de Camões para escrever uma notícia sobre o ensaio geral d'*A Casa da Boneca*. Ele estivera para escrever uma coluna e meia sem passar por lá, mas acabara por ir. E entrou no momento exacto em que Maria Brenda dizia: «Senti então que tinha vivido oito anos com um estranho e que tivera três filhos desse estranho... Ah, não quero mais pensar nisso!» (Quase três anos depois, na noite da sua estreia no Teatro Nacional, Bernardo — que Maria Brenda ainda não conhece — havia de matar-se quando ela acabasse de pronunciar essas mesmas palavras. Mas nem Vasco nem Maria Brenda darão por essa coincidência, que ficará perdida, ignorada, sem ninguém no mundo para saber dela.)

— Agora agrada-me conversar consigo. Continuarei a conversar consigo mesmo que você me revele que afinal não é jornalista. Lamentável! Nunca teríamos conversado um com o outro se não fosse o acaso!

— Não cheguei a dizer-lhe cem palavras. A Maria Brenda ainda não me deixou falar... Quer portanto dizer que sei ouvi-la muito bem?

Ela agitou muitas vezes a cabeça, vagamente hesitante, vagamente negativa.

— Talvez sim, talvez não. — E depois: — Gostaria de ser actriz, mas unicamente para um certo público. Um público que precisasse de mim, homens e mulheres a quem eu pudesse ser útil depois da representação. Uma actriz que ajudasse os homens a redescobrirem-se. Mas falta-me a coragem. Teria apenas coragem de representar no palco, percebe? No palco procura-se a glória e pouco mais. E a glória não me interessa, o que me interessa é ajudar os seres humanos... Até porque só assim poderei ajudar-me a mim própria, poderei conhecer-me, humildemente conhecer-me, pois ajudo os outros a conhecerem-se. — Actriz, ainda actriz.

Vasco, de súbito:

— Que fez até hoje pela República, Maria Brenda?

— Nada, quase nada... — Descera a voz, olhou-o fixamente. — Viveria envergonhada amanhã na República se não tivesse contribuído para ela... — Hesitação. — Não quero ter cadáveres às costas, percebe? Se houver cadáveres, quero estar viva mas ter corrido os mesmos riscos... — Nova hesitação. — Não sei se me exprimo bem. Ouça: não digo dar tiros, seria absolutamente incapaz de dar tiros. Mas há fatalmente outras coisas que poderei fazer sem dar tiros, não há?

— Há, Maria Brenda. Muitas coisas. — Agarrou-lhe a mão, ela entregou-lha, continuaram a caminhar durante muito tempo. Mas em silêncio.

Quarenta anos depois, já no Brasil, Vasco há-de lembrar-se uma ou outra vez dessa tarde que lhe alterou o destino apenas por dois anos e meio (dois anos e meio e ele morrerá aos sessenta e sete!). Antes de emigrar fora viver para o Porto, quase a perdera de vista, seguira depois para Madrid em 35, e em 39 passara-se para a Argentina — com um braço a menos, arrancado por uma granada na batalha de Teruel. Que seria feito da Maria Brenda? Chegara a escrever-lhe duas cartas, não obtivera resposta, desistira. No fundo, tantos anos passados, que poderia representar para ele essa longínqua Maria Brenda de quem dificilmente conserva a imagem (olhos verdes, olhos azuis?)? Mas escuros, muito pretos, muito abertos, olhos que o espanto (ou simplesmente o tempo?) tornou imóveis — os da Dona Alzira. Esses, Vasco nunca poderá esquecê-los, ficar-lhe-ão enraizados na memória, fechar-se-ão apenas quando se fecharem definitivamente os dele.

13

— Ouço-vos falar, falar... Como se o amanhã fosse vosso, e amanhã ou, pelo menos, depois de amanhã tudo fosse muito fácil... Mas todos os dias vejo a carne mais cara e o meu dinheiro é o mesmo... Nem isso, é cada vez menos. Em vez de esperanças no dia de amanhã, sabes o que tenho? Medo. Assim mesmo: medo. Bons ou maus, estes ministros já nós sabemos quem são. E pelo menos há ordem. — Não sabe porquê, imagina por um momento o povo ululante e ávido de sangue (as palavras do compêndio em que aprendera História) a irromper pelos salões de Maria Antonieta. — O futuro apavora-me, cada vez o vejo mais sombrio. Olha para a tua filha: não acredita no que eu acreditava quando tinha a idade dela. E enche-me de medo.

Vendo-a debruçada sobre o tricot, ouvindo-a dizer aquelas palavras, ele interroga-se: «Como pude seriamente duvidar de ti?» Diz-lhe:

— Às vezes duvido de ti.

Ela não compreende, pergunta:

— Porque não levo a sério as vossas ilusões? — Encara-o, suspendo o tricot. — Não tens receio pela tua filha?

— Que espécie de receio?

Carlota não sabe explicar, perde-se em afirmações vagas:

— Como podes ter receio se não acreditas em nada, se achas tudo bem? — Falar assim é humilhá-lo, pois ele gosta de se confessar céptico, mas não gosta que lhe digam que o é. — Imagina que Deus te aparece em todo o Seu esplendor... Ajoelhar-te-ias?

— Estou preso a uma cadeira.

— Não é isso! — Olha-o fixamente, desconfiada. «Se fosse mentira? Se fosse verdade que não estás paralítico, se fosse verdade que finges...?»

Certa vez dissera ao padre Navas: «É impossível, completamente impossível que nos engane...» E o padre: «Por comodidade, por vergonha de se apresentar diante dos outros sem fazer nada, ele que podia fazer, mas não tem coragem de fazer...» — Serias capaz de confessar aos teus amigos, aos homens, que tinhas visto Deus? Não, não acredito. És um cobarde. — Observa-o com ódio. — Um cobarde. Tens medo dos homens, da opinião deles, tens mais medo da opinião dos homens do que de Deus. — Deseja ofendê-lo, Alexandre passará mal a noite a pensar nestas palavras e, quando ele dorme mal, Carlota também dorme mal. — Não lhes dirias nada com medo que se rissem de ti. Preferirás sofrer o fogo eterno a ser ridicularizado por eles, esses ateus empedernidos. E gostava de saber: como é possível que tenhas mais receio dos homens do que de Deus?

— Talvez Deus seja mais benévolo! — responde com um sorriso. Os limoeiros, as laranjas amarelas nas copas verdes e escuras, a filha e quem sabe se o futuro marido a conversarem, sentados lá em baixo num banco de pedra. Outra vez o tricot, o ângulo agudo, sempre móvel, o ângulo obtuso das agulhas que faíscam. — Por um momento esquece que és feliz e vives em graça, esquece que tens de me salvar. Olha para mim como para um ser humano, aceita que muitas vezes te observo sem amor, friamente... Mas também tens culpa: pensa que estás demasiado ocupada em salvar-me, em conseguir para mim a vida eterna, demasiado indiferente à vida terrestre...

— Carlota poderia objectar-lhe: «Indiferente à vida terrestre, eu que todos os dias rezo à Virgem para te curar?»

— Aceita-me assim, incurável. Aceita que nenhum Deus pode salvar-me, olha-me como realmente sou: um homem sem amparo, um homem sem sombra de carinho, um homem ignorado pela esposa... — Os limoeiros, as laranjas nas copas verdes e escuras, a filha a falar com o Vasco. — Um homem ignorado pela filha, compreendes? — O receio duma resposta fulminante: «E eu? E eu durante estes anos todos? És um inválido. A minha mocidade, a minha vida estragada. Gostaria de viajar, gostaria de tantas coisas que por causa da tua invalidez me estão fechadas.» E ataca, antes do contra-ataque possível: — Poderias dizer o mesmo, bem sei. Tiveste o orgulho de nunca te queixares e eu estou a ser demasiado fraco, a comprometer a coragem de tantos anos sem uma queixa... Bem sei, mas para ti o mundo é um vale de lágrimas, a tua cruz está em salvar-me, leste São Paulo. Eu não, eu não tenho essa felicidade.

— Não tens essa felicidade porque não queres. — Gostaria de ajudá-lo, mas como se ajuda um homem que precisa de ajuda e que recusará a ajuda se alguém lha oferecer?

— Não tenho, sabes que não tenho. Aceita que não tenho, considera-me um caso perdido, ama-me.

— Amo-te.

— Creias ou não em Deus, não pretendas salvar-me...

Ela ergue a cabeça, tem o rosto iluminado, parece humana.

— Queres que não creia? — Como se estivesse a oferecer-lhe não crer.

Perto dos limoeiros, das laranjas perfumadas e amarelas, a filha:

— Estive a pensar numa coisa que tu disseste há dias... — Nunca mais lhe falara no assalto ao correio, nos selos, deixara uma pedra cair discretamente sobre o assunto. — Que não há homens justos.

— Eu disse tamanha enormidade? — pergunta Vasco, observando as manchas escuras lá em cima, junto do telhado. — Em que circunstâncias?

— Sentes remorsos por conversar aqui comigo neste instante quando poderias estar a fazer qualquer coisa de útil...?

— Remorsos? Não. — Pensa, mas não diz: «Amar-te abranda a crueza do mundo mesmo que seja à custa do mundo.» — Reconhecer que todos os homens são culpados é já, de certo modo, absolvê-los... — Olha para a varanda, lá em cima.

— Estamos todos à beira do abismo. — Carlota.

— Sem dúvida. Mas que havemos de fazer? — Maria Brenda.

— Nada. Não posso ter a certeza... Não desisti das ideias da mocidade... A minha dúvida logo depois do fracasso do Trinta e Um de Janeiro é esta: a busca da justiça não ficará mais cara do que a aceitação da injustiça? — Alexandre.

— Ah, a injustiça, os homens injustos! — Vasco.

— A injustiça é uma coisa, o que pensa a tua filha é outra. Ela não ouve o que eu digo e tu não te impões. — Carlota.

— Aceitarias o meu amor se eu me reservasse o direito de amar outro ou outros? — Maria Brenda.

— Os próprios sentimentos evoluem com o tempo. O amor, porque não? Grande parte das coisas que tu julgas serem eternas não o são. Agir contra aquilo em que se acredita, quando as crenças são outras... Como exigir de alguém que se sacrifique por ideias em que já não crê? A tua filha pensa que é dona de si mesma. — Alexandre.

— O mundo transforma-se e a nossa maneira de sentir não evolui de acordo com essa transformação. Seria muito difícil. — Vasco.

— Não tenho confiança nele. Ali estão... Pergunto-te: de que conversam? Da pureza, do respeito, da seriedade? Não têm religião, não têm nada... — Carlota.

— Sim, perdemos a religião, mas continuamos a pensar como se não a tivéssemos perdido. — Maria Brenda.

— Que horas são? — Alexandre.

— Seis horas, tardíssimo. — Vasco.

— Já? — Alexandre.

— Já? — Maria Brenda.

— Nem da profissão gosto... Jornalista! Vive à custa da credulidade humana! — Carlota.

— Como os teus padres? — Os olhos postos na Maria Brenda e no Vasco lá em baixo diante dos limoeiros e das laranjas amarelas. — São novos, felizes. — Alexandre.

— Duvidas? — Vasco.

— Não. — Maria Brenda.

— O que interessa não é se são novos e felizes, mas o amanhã. — Carlota.

Esse amanhã que quando vier amanhã (ou — quem sabe? apenas depois de amanhã ou depois de depois de amanhã, daqui a muitos meses) encontrará Alexandre e Carlota no escritório — ele sentado com a manta nos joelhos, o jornal sobre a manta e um cravo branco sobre o jornal, ela entretida com o tricot, as agulhas a fazer e a desfazer ângulos agudos.

— Que horas são?

— Seis horas — responderá Carlota.

— Já? — Bernardo.

Maria Brenda olha pela janela, vê um velhote a empurrar um carrinho cheio de embrulhos, uma rapariga muito alta parada no passeio e atenta a qualquer coisa. «A quê?» Vai abrir a janela, esquece-se, volta-se para Bernardo:

— Estranha coisa... Nunca pensei que pudesse ser feliz contigo, nunca pensei que pudesse ser feliz com ninguém...

Bernardo não se atreve a perguntar: «E és?» Espera pelo resto da frase, espera ouvir que sim.

— Nunca pensei... Porquê? Será talvez de lermos muito, de pensarmos que somos inteligentes...

Alexandre:

— Não reparaste? Contei pelo relógio. Em meia hora a tua filha sorriu dezoito vezes, deu duas gargalhadas.

Carlota:

— Que disparate!

— Enquanto foi solteira nunca se sorriu dezoito vezes em meia hora, Carlota! — Acaba de beber uma medronheira de primeira qualidade que lhe mandou o cunhado. — A aritmética não pode enganar, a aritmética descobre se somos felizes ou não.

— Que disparate! — responde Carlota. Insiste: — Tens cada ideia! — Está a sorrir.

— Que fizeste esta tarde? — Maria Brenda.

— Tudo sem importância, quer dizer, estive com o Ernesto.

— E ele?

— Tem os miúdos com sarampo.

— Não me digas que to pegou...

— ...já tive.

— Sete vezes vem ao pêlo! Eu nunca cheguei a ter...

— Porque ainda não cresceste, porque ainda és uma criancinha... — Bernardo aproxima-se da Maria Brenda, pega-lhe na cabeça, beija-lhe a testa. Ela solta-se-lhe dos braços, levanta-se, cruza o olhar com o homem da moeda, lá em cima na parede.

— E daí, talvez... — diz ela, procurando recordar-se melhor.

— E tu que fizeste?

— Saí, andei pelas ruas ao acaso... Senti saudades tuas! Procurei-te, imagina! Telefonei cá para casa a ver se já tinhas chegado, se me tinhas feito a surpresa de chegar mais cedo. Depois fui ao café, passei pelo escritório. Por onde andaste? Por onde andaste toda a tarde que ninguém te viu?

— Uma conquista, fiz uma conquista, passei a tarde inteira com ela.

— Chama-se...

— Maria Brenda.

— Ah, Maria Brenda! Fecha os olhos, descreve-me a Maria Brenda...

— Não a conheces?

— Não.

— Tem olhos verdes.

— Gosta de ti?

— Talvez...

— Ah, não tens a certeza... — Pausa. — Passei a tarde à tua procura, com saudades de ti, e tu estavas com essa mulher fatal! Não tens vergonha, Bernardo?

— Porque tinhas saudades de mim?

— Segredo! Não interessa! Não interessa! Continua a descrever-me a Maria Brenda!

— Nunca teve sarampo!

Carlota:

— Não te lembras de quando isso foi? A tua filha estava com sarampo...

— Tens razão. — Alexandre.

Maria Brenda:

— Mas onde estiveste com ela?

— Por aí... Passeámos, andámos a ver o Tejo, atravessámos o rio. Estava muito vento, sabes? Não pudemos ficar à proa, tivemos de fugir lá para dentro.

— Que mais?

— Tem boca, tem pescoço, tem nariz!

— Só?

— Tem nome de barco!

— Só?

— Orelhas de gato...
— Cabeça de cão?
— Dão badalão, não tem coração!
— E eu a tarde inteira à tua procura, cheia de aflição!
— Comigo na imaginação?
— Suspensa de paixão...

14

No outro lado da rua uma tipóia, Maria Brenda chama o cocheiro, ele dormita, leva algum tempo a acordar.

— Vamos para o Governo Civil.

Os passos dos cavalos, as rodas irregulares, cantam-lhe nos ouvidos: «A vida é uma eterna transformação, uma eterna transformação, uma eterna transformação.» E noutros momentos, quando o empedrado é mais brando: «Em que tudo se multiplica, se renova, se embeleza, se multiplica, se renova, se embeleza.» E põe o lenço no nariz. Nunca mais regou o canteiro, um dia destes tem de passar por casa dos tios. Maria Brenda completamente vazia, inteiramente vazia. O senhor Alfredo enforcou-se esta manhã e na noite anterior tinha ido ao Centro Luís de Camões. Como foi possível que, passadas algumas horas, pegasse num lençol, fizesse com ele uma corda e um laço? Teria pensado, quando ainda estava no Centro, tão pouco tempo antes, que pouco faltava para enrolar esse lençol? E que subiria a um banco? E que antes ataria o lençol — a quê? E depois metia a cabeça dentro do laço. E depois dava um pontapé no banco. E antes... E depois... Como é possível, como é possível viver tão perto da morte? Ao senhor Alfredo (já sabia ler tão bem!) bastaram-lhe cinco horas desde o Centro ao fim. Mas talvez muito menos de cinco horas o separassem da morte, talvez ele tivesse chegado a casa sem pensar nisso, talvez se tivesse deitado, adormecesse, acordasse repentinamente. No escuro silêncio da noite, estranhamente perceptível, o relógio de bolso que pertenceu ao pai. Muito calmo se levantasse. Muito calmo e dez minutos apenas antes de morrer. Quem sabe? Um minuto antes de decidir matar-se. E se os preparativos para a morte lhe consumiram dez minutos é porque talvez onze minutos atrás não pensasse nela, estivesse inteiramente vivo com o corpo mais as intenções. Onze? Dez e meio. Dez e meio? Dez e um quarto... Vivo. E à Maria Brenda ali dentro daquela tipóia («uma eterna transformação, uma eterna transformação, uma eterna transformação») talvez onze minutos apenas a separem da morte — porque dez minutos podem separar da morte quem ainda está vivo e ainda não resolveu matar-se. Isso: dentro de onze minutos pode morrer, dentro de um minuto pode talvez decidir... Vasco disse-lhe: «Não há homens justos.» Se é assim e todos somos culpados por nada fazermos... Pensa: «Então merecemos todos a morte, então devíamos ser todos condenados à morte.» Mas não tem coragem de assassinar os dois mil milhões de culpados que povoam a Terra; não deverá portanto imitar o pai, ficar paralítica, quieta, inactiva, à espera que um homem de coragem a condene, a execute friamente...? Ao mesmo tempo atravessa-lhe o espírito esta outra ideia: levar a intenção do pai ao extremo limite, não fazer um gesto, não dizer uma palavra... Deixar à sorte se deverá casar-se com o Vasco ou com o Bernardo. (Certo dia de um futuro que já esteve mais longe, que foi combinado há algumas semanas, Bernardo há-de dizer-lhe: «Mas se tens dúvidas, porque não atiras uma moeda ao ar?» Ela: «E tu aceitas...» — «Porque não?») Mais: não pôr apenas as duas hipóteses (Bernardo e Vasco), mas todas... «Casar-me com quem a sorte escolher (mesmo um desconhecido), suportar sem um gesto o jogo do destino para não influenciar com a minha própria vontade a marcha do mundo.» «Não há homens justos ...» Não seria justo o senhor Alfredo, hoje definitivamente morto, mas que, meses antes, provisoriamente vivo, ofereceu um ano suplementar à Maria Brenda e um discurso tão bonito? Um discurso, enquanto a Mabília segurava um ramo de rosas e a Ernestina lhe mostrava um bolo de ovos. «Não há homens justos...» De súbito volta a frase do avesso e diz: «Não há homens injustos...» E ambas lhe parecem verdadeiras, Maria Brenda não sabe qual escolher. Atirar uma moeda ao ar? Apresentar-se à polícia, confessar-se culpada? De quê, concretamente, se a polícia só considera culpados os culpados de coisas concretas e indiscutíveis (a não ser que tenha decidido o contrário)? Maria Brenda (nunca será uma grande actriz, embora o Augusto Rosa tenha gostado muito da maneira como recitou um trecho de Ibsen), Maria Brenda está a pensar no desgraçado que por culpa de Vasco permanece preso. Resolve: «Direi que fui eu...» Mas uma coisa é falar assim dentro da tipóia («em que tudo se multiplica, se renova, é uma eterna transformação, se embeleza»), outra coisa é já estar dentro do Governo Civil diante do inspector Bago. E só então se lhe varreu do espírito o inexplicável delírio de ordenar ao cocheiro que suspendesse a corrida — e pagar-lhe e receber o troco, dar-lhe uma gorjeta, descer, atravessar o passeio, bater as asas, voar, pedir um encontro com o chefe da esquadra...

— Mas conheço-a perfeitamente — dissera o inspector Amílcar Bago. — É a filha de... não, não me recordo do nome... Sei, mora na Rua do Salitre...

Muito pálida, liberta dum pesadelo, tentando ver se não permanece deitada no seu quarto, procurando as janelas tão matutinamente familiares, o armário de três portas, os cobertores, a cama... Descobrindo que não, que não acordou ainda, mas que é impossível estar ali, numa esquadra. Passa à frente do inspector Bago, ele segura a porta para Maria Brenda se adiantar sem incómodo, entram, convida-a a sentar-se. Senta-se perto dela e não atrás da secretária (deseja que a conversa não tenha o ar formal que uma secretária entre duas pessoas imprime sempre aos sentimentos).

O inspector Bago:

— Vi-a mais de uma vez com um conterrâneo meu, o jornalista Miroto. Em que posso ser-lhe útil?

Uma súbita calma invade Maria Brenda. Ainda não acordou, mas tudo aquilo é tão disparatado! Maria Brenda prende-se ao sonho, agarra-o, não quer perdê-lo, não quer despertar, esconde as mãos com receio de sentir os lençóis e os cobertores. Os lençóis e os cobertores a provarem que já acordou. Não acordou, felizmente, não sente os lençóis. O inspector Bago diz — e parece autêntico, real, de carne e osso (tão de carne e osso que está a coçar uma orelha):

— Em que posso ser-lhe útil, minha senhora?

Maria Brenda com o à-vontade de quem se julga metida num sonho:

— Quero fazer uma queixa... — Uma queixa..., qual queixa? — Saí de casa com o porta-moedas dentro desta bolsinha. Fui visitar umas pessoas amigas, quando lá cheguei não tinha o porta-moedas. — Falta-lhe coragem para falar no assalto ao correio, para falar em Vasco ou para assumir o papel de culpada. Porquê, se tudo isto é um sonho? Porquê, se é nos sonhos precisamente que é possível o heroísmo, o heroísmo sem riscos?

— Desconfia das pessoas que foi visitar...

— De modo nenhum. Antes...

— Agora me lembro... Alexandre Soares, o senhor Alexandre Soares, não é?

— Sim...

— Era muito dinheiro?

— Cem mil réis.

— Em notas?

— Sim.

O inspector Bago parece desconfiado. Vai sentar-se distraidamente atrás da secretária, formalizando subitamente as relações entre os dois. Mergulha a pena no tinteiro e dispõe-se a escrever.

— Tem a certeza de que levava o dinheiro ao sair de casa, claro...

— Tenho.

— Um passeio a pé? De carro?

— A pé. Depois meti-me numa tipóia.

— Quando deu pela falta? No momento em que pagava ao cocheiro...

— Não... Depois, depois de sair de casa dos meus amigos... Mas eles estão acima de quaisquer suspeitas...

— Não digo eles, mas uma criada.

— Impossível... Nunca larguei o saco.

— Na rua é que não o largou com certeza. — Amável, mas de uma amabilidade falsa.

— Sim... Aliás não quero metê-los nisto... — Finge tomar uma decisão, na esperança de pôr um ponto final naquela aventura estúpida, sem saída (a menos que acorde depressa) ou cujo desfecho não prevê... — O melhor será desistir da queixa...

— Mas cem mil réis é dinheiro! — O ar, propositadamente profissional, de quem desconfia dela.

— Seriam exactamente cem mil réis? Todas as minhas economias... Sim, talvez... — Ele não acredita nesta história sem pés nem cabeça, pensa Maria Brenda.

— Mostra-me o saco? Gostaria de estudar o fecho, ver se é fácil de abrir.

— Não vale a pena. Não vale a pena. — Segura a bolsinha com força. Ainda lá está o revólver que Vasco lhe deu a guardar.

O inspector aproxima-se, tira-lha com um gesto amável. Abre-a, fecha-a, abre-a, fecha-a. Tlique-tlaque. Tlique-tlaque.

— Está frouxa, está. — Mentiu. A mola tem o defeito contrário. Amílcar Bago abre de novo o saco, tlique, fecha-o, tlaque. De novo: tlique — Permite-me? — Espreita para dentro. — Ah, vejo aqui um porta-moedas... — Observa-o. — Não era este, com certeza...

— Uso sempre dois, um para o dinheiro miúdo...

— E outro para o dinheiro grosso. É uma ideia prática, de facto. — Vê o revólver, espanta-se, fecha a mala. Tlaque. Entrega-lhe o saco.

Um sonho estranho que não há maneira de terminar.

— Minha senhora...

Será coerente aquele sonho? E serão coloridas as imagens ou só a preto e branco? Coloridas. E os sons? Sim, parecem naturais. Quanto ao inspector Bago... Estará sentado em cima da cómoda do quarto em frente do guarda-vestidos?

Trinta e cinco anos depois há-de lembrar-se desse dia quando perguntar a outro agente se o filho mais novo está preso. Ele responderá que não sabe, que só no Aljube poderão responder-lhe, e Maria Brenda irá então ao Aljube repetir a pergunta (há-de repeti-la de novo a propósito do neto). Pensará, enquanto espera (mas que tem isso a ver com o filho que não aparece em casa há dois dias?): «Como foi possível? Como foi possível que tantos anos se passassem? Como é possível que estes anos passem e tudo se repita?» Dialogará então com Vasco, Vasco exilado no Brasil, Vasco que ela não vê há muitos anos, Vasco que talvez já tenha morrido: «Como foi possível, Vasco? Como foi possível que nós não soubéssemos que havíamos de envelhecer?» Mas não está a conversar com ele, é com o padre Navas: «O senhor devia ter-me convencido de que existe um Além para eu me agarrar a qualquer coisa... Mesmo que fosse mentira!» O padre continua morto, morreu no ano anterior, profundamente morto, totalmente morto no corpo e na alma (nem no céu nem no inferno), surdo, mudo, cinza, podre.

— Minha senhora... Não sei que lhe diga... Mas podemos achar o dinheiro... — Entre os dois a secretária, não a cómoda. E a janela não dá para o jardim, mas para a rua. — Compreende: nós conhecemos os carteiristas, sabemos quem eles são... E servimo-nos de certas armadilhas. Por exemplo: chamamos Fulano, um desses com culpas no cartório, e dizemos-lhe: «Amanhã à tarde quero aqui os cem mil réis. Não sei quem foi, mas se não trouxeres o dinheiro até à noite, já sabes... Cadeia contigo! Trata portanto de descobrir o gatuno ou então não descubras, isso é-me indiferente. Basta-me o dinheiro. Não te proibi de apareceres no Chiado? Ainda ontem lá estiveste, não é verdade?» — Esboça um sorriso, espera pelo sorriso correspondente de Maria Brenda, esclarece: — Ele não foi ao Chiado, mas para uma polícia bem organizada é sempre fácil demonstrar que foi...

Maria Brenda acalma. É um pesadelo: um dia destes alguém lhe contou uma história semelhante. Essa história assalta-lhe o sono, infiltrou-lhe no sono inquieto o sonho incómodo.

— Por isso mesmo acho que deve insistir na queixa — continua o inspector. — A menina tem apenas de nos dizer por onde passou. — Um sorriso conciliador e ignóbil. Tão ignóbil que Maria Brenda fica apreensiva: «Se se trata de um sonho, como é então possível que no fundo de mim haja um sorriso tão sórdido?» — Não precisamos de saber o nome das pessoas que visitou... — Ignóbil, ignóbil.

Maria Brenda levanta-se. Tlique. Tlaque.

— Insisto na queixa — diz.

O sonho prolonga-se, prolonga-se... Onde estão as frinchas aceradas e brancas das janelas, os vultos difusos do guarda-vestidos, da cómoda, dos espaldares das cadeiras? Maria Brenda procura, não encontra, sente debaixo dos pés o chão molhado e pedregoso. E vê um homem, uma criança, uma rapariga magra. A rapariga magra tem as mãos no ar, a proteger os olhos do sol. Ou da lua? E a cabeça erguida (como a criança, como o homem). Em silêncio e olhando para o céu. Maria Brenda vê:

Um pássaro de fogo enorme, maior que a estátua de D. José, muito maior, plana — mas imóvel — sobre a praça. O homem, a criança e a rapariga magra encolhem os ombros com gestos distraídos e iguais, deixam de olhar; os outros homens, as outras crianças e as outras raparigas magras também encolhem os ombros, também deixam de olhar. Desinteressados. Então o pássaro começa a descer, a descer lentamente, pisa a terra, passa através da multidão meio cega, toca em toda a gente com as asas, mas ninguém se espanta. Todos desviam os olhos como se estivessem habituados ao pássaro, como se o tratassem por tu, como se o vissem todos os dias. Ou como se não estivessem a vê-lo. Receosa, Maria Brenda...

Maria Brenda sente debaixo dos pés uns degraus de madeira bem conhecidos. Está em casa. E o resto? Dentro do sonho..., dentro do pesadelo? Sim, é dentro do sonho que se sente perturbado o inspector Bago? Perturbado, pois tem vivido estupidamente numa realidade completamente alheia aos sonhos da Maria Brenda? Porque sim ou porque não. O Libânio, a quem ele ameaçou, garantiu-lhe dois dias depois que não fora nenhum dos companheiros. Perplexo, o inspector Bago! Pela primeira vez acredita no Libânio, carteirista useiro e vezeiro em todas as artes. Mas o inspector Bago não se preocupa com tão pouco: obriga-o a deixar os cem mil réis. O ladrão talvez fosse um novato, ninguém o conhecesse ainda. Talvez. Na incerteza, porém, o inspector inclina-se para a hipótese que mais seduz a sua imaginação de polícia. Admite que se trata de uma sinistra manobra, certamente nascida nas alfurjas republicanas. E o inspector Bago sonha com a imortalidade, imagina-se o homem providencial que salva a Monarquia e a Pátria...!

Trinta e cinco anos depois dirão no Aljube à Maria Brenda que não sabem de nada. Ela pensará por um momento: «Talvez no hospital.» Vai lá, mas não. De novo no Aljube: «Sou mãe, estou inteiramente em desacordo com o meu filho, as minhas simpatias vão todas para o governo...» (E muitos anos mais tarde: «Sou avó, estou inteiramente em desacordo com o meu neto, as minhas simpatias vão todas para o governo...») Humilhando-se, humilhando-se na esperança de que possa comovê-los. «Diga-me...» O homem desvia os olhos. Quem sabe? Talvez o filho se tenha limitado a abandonar a casa dos pais. Pois não é certo que nenhuma intimidade existe já entre eles, não é certo que entre os três cresce um silêncio quase completo? Talvez o Adriano se tenha ido embora, talvez tenha cortado com a família para começar uma vida nova, talvez tenha ido para os braços da tal rapariga filha de um chauffeur, a tal rapariga com quem se quer casar, a tal rapariga que a Maria Brenda detesta, que lhe dará um neto. Que estará ela então a fazer ali no Aljube?

— Permita-me que lhe dê os parabéns — diz o inspector Bago, aproximando-se da cama de Maria Brenda. Entre o inspector e Maria Brenda não há agora qualquer secretária que simbolize a autoridade das instituições vigentes. — Apareceu o dinheiro; cem mil réis certos. Pelo menos foi o que me disse o meu informador.

Acordada? A dormir? Doente? Maria Brenda não percebe: Como está ali aquele homem? Por que razão o sonho é tão pobre, tão pouco aventuroso que nem se atreve a sair do quarto, voar até ao Governo Civil? E sente os cobertores, os lençóis.

— Cem mil réis? — A normal desconfiança das quantias exactas que leva sempre o mentiroso a acrescentar ou a diminuir uns décimos.

— Ele disse que sim.

O inspector Bago tem bigode e usa monóculo (hoje, Maria Brenda não se recorda do monóculo quando o viu da primeira vez. Seria da agitação e da febre?).

— Não sei — insiste ela. — Duvido que fosse exactamente isso, mas andava à volta.

O inspector Bago dá-lhe um papel para assinar, ela puxa o saco de cima da mesinha-de-cabeceira, abre-o (tlique) para tirar uma caneta e assina. Guarda outra vez a caneta. Tlaque. Sente-se perfeitamente calma, embora perceba que — sabe-se lá porquê! — o inspector não acredita naquela história.

Trinta e cinco anos depois regressará a casa, telefonará ao marido. «Nada?» — «Nada.»

De manhã conseguira convencê-lo a não usar da sua influência para saber o que se passava. O filho não queria favores — ela sabe —, sentir-se-ia humilhado se alguém se «interessasse» por ele. Pelo telefone o marido responde: «Bom, nesse caso vou ver o que há...» Maria Brenda compreende. Fez anos na semana passada, cinquenta e cinco anos. Deverá responder: «Não!» Mas diz: «Sim...», não se atreve a protestar, a ser fiel a si própria. Então pensa: «Morri!» Abre o *Diário de Notícias*, abre-o na página dos enterros. Substitui o primeiro nome que encontra (Maria Gabriela Vaz) pelo seu próprio nome. Lê: «Maria Brenda Reis faleceu. Sua família cumpre o doloroso dever...»

Sonhando? Dias depois o inspector Bago mandará vigiar Maria Brenda. De que desconfia? Talvez duma tentativa astuciosa dos republicanos para obterem dinheiro. Esta ideia de que os republicanos se servem da polícia, se servem dele, para conseguirem fundos, põe-no doente. Mas seria possível tanta ousadia e engenho? De pé, frente à janela, dentro do sonho colorido em que os sons parecem verdadeiros, o inspector Bago põe o monóculo que lhe dá um aspecto mais varonil e lhe permite ver melhor. E lhe aguça a imaginação.

— Tem um fósforo? — pergunta a um ajudante.

O outro tira do bolso uma caixa de fósforos, começa a contá-los: um, dois, três... O inspector distraiu-se a folhear uns papéis. De súbito, sente o cigarro seco nos lábios, vira-se outra vez para o ajudante:

— Um fósforo...

— Tenho dezasseis.

— É de mais... — Hesitante: — Não terá por acaso apenas um?

— Não. Mas tenho talvez dezasseis cigarros... — Tira do bolso um maço, conta. O inspector Bago contempla-o em silêncio.

— Então?

— Não pode ser. Tenho quinze cigarros, sobra um fósforo.

— Espere... — O inspector Bago conta os seus cigarros. São cinco.

O ajudante:

— Cinco e quinze faz vinte, temos quatro cigarros a mais, não pode ser.

— Espere — diz o inspector Bago, encontrando uma caixa de fósforos em cima da secretária. Os dois começam a contagem, muito atentos para não se enganarem. O inspector Bago conta três, o ajudante, dois. Nova contagem, novo engano. Agora foi o inspector Bago que contou dois e o outro que contou três.

— Isto de contas é sempre assim — dizem em coro. E acertam por fim: ambos contam dois.

— Se experimentássemos de novo, talvez tenhamos cometido o mesmo erro. — De facto: agora contam três.

— Deve estar certo — diz o inspector Bago. Dezasseis fósforos mais três dá dezanove...

— Temos agora um fósforo a menos.

— Não faz mal — diz o inspector, desistindo de fumar. — Pode sair.

Trinta e cinco anos depois: Maria Brenda está em frente do espelho. Tirou corajosamente o lenço da cabeça e ficou a contemplar-se. A contemplar-se? Não, pois aquela imagem ali no espelho é a imagem de uma mulher quase sem cabelo. O filho está preso nesse instante (o neto que ainda não nasceu há-de vir a estar preso também), mas ela não pensa no filho, vê simplesmente aquela cabeça reflectida no espelho, aquela cabeça que não pode ser a dela, que nunca mais poderá provocar o amor de um homem. Apesar dos olhos verdes.

O inspector Bago lembra-se do caso do António Vaz, que sempre negou o assalto à estação dos correios. Afinal, o inspector aceitara a culpabilidade do António Vaz mais para arrumar o assunto — era seu princípio arrumar todos os assuntos — do que por acreditar nela.

António Vaz, o homem justo, o homem injustamente preso que levou a Maria Brenda a zangar-se com o Vasco num momento em que já estava marcada pela febre, e dentro dela, nos intestinos, no sangue que irriga as células mais remotas, milhares de bacilos lhe envenenavam o corpo, cavando lá dentro o túmulo onde definitivamente pudessem enterrá-lo. Uma débil morte que lhe entrara pela boca antes de se lhe haver introduzido nos vazos linfáticos, uma débil morte que não conseguirá destruí-la, que será provisoriamente vencida após duas semanas de luta. Então Maria Brenda — não é verdade que o inspector continua dentro do delírio de Maria Brenda? — obriga-o a pensar em Vasco e ele descobre de repente que Vasco também cabe dentro da descrição que do assaltante fizeram duas empregadas dos correios. Até o nome — pensa —, embora isso nada demonstre. Vasco, Vaz! Quanto à barbicha, nem um nem outro a usavam. Ora António Vaz era analfabeto, tinha o ar de quem rouba dinheiro ou objectos de utilidade imediata. Mas selos...! Estava aí até o ponto fraco da acusação contra o António Vaz e qualquer advogado hábil tiraria partido dessa fraqueza. Um analfabeto jamais roubará selos — conclui o inspector Bago. Postulado essencial donde deduz imediatamente que o ladrão tem, pelo menos, a instrução primária. E como lhe dava muito trabalho seguir uma cadeia lógica de raciocínios demonstrativos de que o roubo dos correios era obra de republicanos, o inspector Bago, cavalgando talvez sobre as nuvens dos sonhos da Maria Brenda, deixou os raciocínios intermédios para mais tarde e foi direito à conclusão desejada. Vasco e Maria Brenda pertenceriam a uma organização subversiva que procurava por estes e aqueles meios angariar fundos para o combate.

Nessa mesma tarde, e muito discretamente, Vasco Miroto começou a ser vigiado. E deste modo se iniciava a «Operação Alfa», como, de si para consigo, a intitulou o inspector. Desmascarada a perigosa célula republicana, ficar-lhe-ão então abertas as portas do triunfo: promoção, aumento de ordenado, e mais do que isso: o pai da Leonor consentiria enfim naquele casamento adiado tantas vezes!

Vasco passou nessa tarde por casa do comandante Machado Santos. Saiu três quartos de hora depois e foi ter com o Júlio Miguel.

Júlio Miguel viera directamente de casa de Alexandre Soares, a quem prevenira de que só no mês seguinte poderia pagar a renda. Razão: a doença do filho, o médico, os remédios. Não é a primeira vez que tal sucede, e Alexandre Soares atende-o sempre com um sorriso. Hoje, porém, está em dificuldades (além disso discutiu com a Carlota pela manhã), precisa de mandar reparar o telhado, as vigas já não se aguentam de podres. Exalta-se. «Conheces-me — diz-lhe. — Sabes que me repugna pôr-te na rua e abusas! Isto assim não pode continuar...» A porta estava aberta, essas palavras voaram pelo corredor, chegaram aos ouvidos da filha, deitada e doente.

Vasco encontrou o Júlio Miguel bastante deprimido.

— Garanto-lhe que a revolução está próxima. Mesmo que não a quiséssemos tínhamos de fazê-la, a Marinha exige, não podemos adiar mais.

Pela primeira vez, Júlio Miguel encolheu os ombros diante de Vasco.

— De que me serve a vossa revolução?

— De que lhe serve...? — Olham um para o outro em silêncio, abrigados num portal, enquanto lá fora a chuva cresce, corre como um regato na rua deserta. A mãe de Júlio Miguel costumava dizer-lhe há muitos anos, quando era nova e quando o reumatismo ainda não a prendera à cama, que este mundo era um vale de lágrimas. Porquê um vale e não uma montanha? Mas depressa compreendeu: as lágrimas não se aguentariam nas montanhas. A água corre sempre para os vales, antes de chegar ao mar — haviam-lhe ensinado. A Terra era um vale de lágrimas porque os homens choravam muito — dizia a mãe. Porque as lágrimas correm para o vale — pensava ele. Mas se os filhos, se o Ernesto e o Manuel lhe perguntassem agora que era a Terra, como lhe perguntam tantas outras coisas, que lhes responderia? Falar no vale de lágrimas? Júlio Miguel sentiu de súbito uma grande satisfação ao pensar que não daria essa resposta. Fingindo? Sinceramente? Júlio Miguel recobrou o ânimo. — Para breve? — Esfrega as mãos. — Cá por mim, cá por nós, estamos prontos.

— No próprio dia falo consigo... Não haverá nenhum sinal, serei eu a procurá-lo. Mas é um quartel, eles podem disparar.

— Um homem que nada tem, senhor Vasco, nada se arrisca a perder. Eu nada tenho, nem sequer para os meus filhos. — Sorriu. — Talvez para os netos...

A uma esquina, molhado até aos ossos, o espião do inspector Bago observa-os. Uma pneumonia, a morte em menos de uma semana. «Ao serviço da Pátria e da ordem» — palavras do inspector Bago ao pedir para ele um louvor póstumo. Louvor que nunca lhe será concedido — a burocracia é lenta, o Cinco de Outubro aproxima-se a velocidade maior. De resto, quem pensa em comparar os perigos de uma carga de cavalaria e de uma rajada de tiros com os perigos de uma carga de água, ainda que o resultado final venha a ser o mesmo? Pois os tiros têm uma grandeza heróica e militar que falta, faltou e sempre há-de faltar à chuva — tão cândida, tão modestamente civil, tão natural!

15

Há quantos meses se conhecem? Mas nunca se encontraram a sós. Porque não desejassem um encontro? Quantas vezes António Navas esteve para procurar Vasco... Ele sentia que Vasco era seu irmão, um irmão em busca doutro deus. Um irmão tresmalhado, portanto? António Navas não se atreve a qualificar os outros. Neste mundo — pensa — como ter a certeza de que são os outros que andam tresmalhados, como ter a certeza de que não somos nós? Ou então: como ter a certeza de que não estaremos todos tresmalhados, que é como quem diz, todos salvos? Salvos os que buscam alguma coisa que possa transcendê-los, que buscam os outros homens. E os procuram em vez de os hostilizarem, de os considerarem puros instrumentos, de lhes serem indiferentes.

E Vasco Miroto... Quantas vezes esteve para procurar António Navas? Ele sentia que António Navas era seu irmão, um irmão em busca duma paz diferente. Um irmão iludido, decerto, um irmão que não soubera ainda traduzir em termos actuais as antigas crenças, um irmão que permanecia preso aos velhos símbolos, confundia os símbolos com a realidade — pensava. Mas um irmão! E quantas vezes Vasco se sentira tentado a evangelizar o padre, a pregar-lhe a boa nova?

Um certo bom senso, porém, retivera-o.

Mas esta manhã foi preso o Ernesto Lemos, que tempos antes levara algumas armas para casa de Vasco. Por isso está ali a pedir ao padre que lhe guarde aquela mala.

— Vasco! Há dois anos, lembra-se? Encostado a uma árvore com dois homens... É verdade? Diga-me, tenha confiança em mim: você era um *deles*? — E como Vasco não compreenda a pergunta. — Acusaram-me certa vez de ser amigo dos regicidas... Você é o outro, o que sempre conseguiu fugir?

— Como?

— Eu estava na Administração-Geral das Alfândegas. Pareceu-me vê-lo...

— Não.

António Navas olha fixamente o jornalista (enquanto Vasco olha em redor e descobre um espelho em cima da cómoda. «Como? Um padre precisa de espelho?», pergunta em silêncio, esquecido de que meses antes fizera aquela mesma pergunta). Se Vasco falar... António Navas sabe que nem todas as coisas se dizem, que nem mesmo com a boca fechada se confessam. Portanto: se Vasco falar... Sim, se Vasco falasse, lhe dissesse: «É verdade, sou um deles...», então é porque Vasco não seria um homem diferente de António Navas, então — quem sabe? — Vasco seria o próprio António Navas e o mundo um puro sonho, um sonho em que os sonhos se hão-de combater até ao dia em que finalmente se estabeleça a confiança entre os homens.

Vasco observa-se ao espelho, ajeita a gravata. António Navas:

— Será possível? Eis-me a desejar que você tenha sido um dos tais...

Vasco não se volta, procura o outro no espelho. Em silêncio. E o padre:

— Se fosse verdade e você me confessasse uma coisa que não me deveria confessar é porque... — Hesita, está atrás do Vasco, vê-lhe portanto as costas, a nuca, vê-lhe, mais longe, no espelho, o rosto.

Vasco não percebe que António Navas lhe estendia a mão, desejava um amigo, não percebeu que António Navas vivia no deserto. Disse-lhe:

— Gostaria de compreender a razão por que certos homens crêem. Não me refiro aos simples nem aos supersticiosos. Os homens cultos, inteligentes... Os sinceros, bem entendido... Eu respeito os crentes, mas não tenho necessidade de crer e pessoalmente acho a fé uma coisa sem pés nem cabeça, Deus uma ideia absurda, quando não uma ilusão para enganar os homens. Mas que se passa dentro da cabeça dos crentes sinceros, que estranho mecanismo os leva a crer ou a desejarem crer? Como é possível que tantos homens sofram e se alegrem em busca de Deus? É qualquer coisa que me perturba! Procuro compreender, dou voltas ao miolo, não percebo! Pode explicar-me, padre?

— Não... — Continuam a observar-se no espelho, António Navas ainda tenta a sinceridade absoluta, a conquista da amizade: — Quantas vezes estive para abandonar a Igreja?

— Porque não a abandonou?

— Fora da obediência perderia Deus, distrair-me-ia com outras coisas. É possível que seja da essência de Deus exigir uma disciplina de hábitos, de orações, de ausência de ambições...

— Crê então em Deus? — diz Vasco. Por um momento alimentara a esperança de que o outro lhe confessasse que não.

— Creio... — António Navas sentara-se. Usa um lápis bem aguçado como se fosse um palito, mas o lápis escorrega, fere-o na gengiva. Coisa grave: hoje, amanhã, depois de amanhã ainda, não dará por nada. Mas o ferimento irá crescendo a pouco e pouco, passará de vermelho a branco, de mole e indolor a duro — embora macio, viscoso, ardente. Dentro de dez dias terá atingido o auge, comer será para o padre quase impossível. Por um instante o padre Navas desespera. São tão poucas as vezes que não tem uma afta ou até duas ou três ao mesmo tempo (chegou a ter oito!). A afta actual estava quase a passar, ainda esta manhã ele procurou com a língua qualquer indício prenunciador de novo ataque... Nada! E sentira uma imensa paz, uma calma, uma doçura! Mas agora tudo estava perdido, ficava com a certeza de que essa época de paz e de calma fora mais uma vez adiada — e adiada, pelo menos, por vinte dias. E dentro de vinte dias, quando esta sarar, outra há-de nascer e assim sucessivamente até à morte.

— Suspeita então que matei o rei...

— Uma suspeita benévola... — Arrepende-se destas palavras.

— Suspeita benévola... Que quer dizer, padre? Que não me condenaria se soubesse que fui eu?

— O papel do padre é mais de absolver que de condenar — responde, iludindo a resposta.

— Não quero frases vagas. Condena ou não o atentado contra o D. Carlos?

— O atentado ou os autores do atentado?

— Os autores.

— Condeno o gesto dos autores do atentado. — Insiste com os olhos brilhantes: — Nenhum homem tem o direito de tirar a vida a outro homem.

— Sim — responde Vasco. — Nenhum homem tem o direito de tirar a vida a outro homem. Lutamos por isso mesmo, padre.

— Somos irmãos. — Deveria ter dito: «Somos amigos.»

Precisamente nesse instante a Maria Carlota diz ao marido:

— Deixaste em cima da secretária um caderno enquanto dormias a sesta... Foi para eu ler?

Não tinha sido. Mas Alexandre responde:

— Foi...

— Falas do baile em que nos conhecemos. Escreves que me aproximei de ti com um cravo branco na mão e disse: «Porque não me convida para dançar?» Que tu disseste: «Porque gosto de si.»

E eu: «Ah, se soubesse como o espreito dia após dia atrás das cortinas...» Etc. Etc. Porque escreveste isto?

— Apeteceu-me. Não gostas de recordar o passado?

— Sabes que nada disso se passou assim.

— Foi há tanto tempo, Carlota! Sabemos nós lá se se passou ou não assim!

— Não, não...

— Padre — diz Vasco —, não ignora que é um crime esconder armas? — E como o padre sorrisse: — Padre! De que lado está? É contra eles ou contra nós?

— A República tenciona perseguir a Igreja?

Que vai responder Vasco? Enquanto procura uma resposta, António Navas toma a iniciativa:

— A Monarquia tem-nos dado demasiadas facilidades... Sou pela República, pois a República tornará difícil a vida da Igreja.

— Sim, há entre a maioria dos republicanos a convicção de que a Igreja está comprometida com o regime.

— Pouco interessa agora. As perseguições à Igreja foram sempre fecundas para a própria Igreja. Antes Tibério que Constantino.

— Ah, o desejo do martírio, de ganhar a salvação graças à virtude negativa do martírio! — responde Vasco, desiludido. «Um padre é sempre um padre», pensa.

— Não! Não queremos o martírio... Peço dificuldades, até a perseguição, a fim de que as nossas almas se incendeiem de espírito evangélico. Perseguidos, humilhados, reencontraremos a nossa vocação: salvar os humildes, os corpos dos humildes...

— As almas...

— Ah, as almas... — Nunca se atreveu a falar assim em voz alta, não é demasiado fácil falar assim a Vasco, um ateu? Esta dúvida mortifica António Navas, quase lhe fecha a boca. Não será a vaidade? Não será o desejo de se engrandecer aos olhos do incréu?

Não será esta a verdadeira tentação, não estará a transigir, a vender a alma, a procurar a admiração alheia? A namorar com o inimigo, a sepultar a própria fé? E então que fascinação é essa que sempre exerceram sobre ele os ateus? Será que perdeu a fé verdadeira? Será que tem vergonha de não ser como eles? António Navas vence estas dúvidas, prossegue: — Quando lhes tivermos salvo os corpos, salvar-lhes-emos as almas.

— Não o compreendo, padre. Antes queixou-se de que a Igreja estava a perder a alma por se interessar demasiadamente pelo corpo. Parece-me ser este o sentido das suas palavras... Agora deseja o contrário.

— O padre escolheu deliberadamente o sacrifício, os homens não... — Porque há-de o demónio tentar diminuir-lhe a confiança em si próprio, nas suas próprias afirmações? Não, António Navas não pretende lisonjear Vasco, tem a certeza de que está a ser sincero. Se algumas vezes não fala assim é nessas vezes que mente — pensa.

— Bem sabes, Vasco... — Trata-o por tu sem dar por isso. — O padre é o mais fraco dos homens, é aquele que para se salvar precisa do sacrifício. Os homens não, os homens são fortes, não necessitam de recorrer aos sacrifícios para estarem alerta. Os homens foram escolhidos por Deus para serem homens e não padres, pois já têm as almas completamente salvas. Vieram à Terra unicamente porque ainda não tinham salvo os corpos. É esta a grande diferença entre um padre e um homem, não sabias? Ambos têm de salvar qualquer coisa: os padres a alma, os homens o corpo. Ou talvez não seja bem isto que eu quero dizer...

Vasco não o interrompe, olha para o espelho, à procura do padre, mas não o encontra lá. A cadeira em que está sentado tem uma perna desconjuntada.

— As almas já estão salvas, mas às vezes os homens passam pela Terra sem darem por elas — acrescenta o padre. — De qualquer modo, temos de ajudá-los a reencontrá-las, depois de os termos ajudado a apreciarem a felicidade de terem um corpo.

Dentro do espelho não está o padre, mas um pedaço da cama, a janela, a parte de cima do lavatório. Não. A parte de cima do lavatório só está para Vasco, não está para o padre. Para este, em vez dela, está uma cadeira.

— O padre Navas aprecia a felicidade de ter um corpo?

António Navas experimenta com a língua o pequenito rasgão na gengiva, responde:

— Talvez não, estou a tentar salvar a minha alma... Mas há momentos em que me sinto extraordinariamente feliz por ter um corpo, e sabê-lo a ocupar um pedacinho do espaço que nesse momento é só meu. Que é só meu nesse momento, mas que pode ser doutro qualquer no momento seguinte, quando eu me deslocar um tudo-nada para diante ou para trás, para a esquerda ou para a direita... — Sorri. — Não é maravilhoso? E sentir que ele tem peso... Nunca experimentaste subir acima de um muro e pular depois? Pular não... Melhor: deixares-te cair, sentires que é o teu peso que te está a empurrar para baixo... Bom, um físico não se exprime assim, com toda a certeza, mas tu percebes o que eu quero dizer... — Reparando na cadeira de Vasco: — Cuidado, é melhor mudares para aquela (e «aquela» era precisamente a que se reflectia no espelho).

— Não faz mal... — Mas mudou de cadeira, viu António Navas no espelho.

— Se aprecio a felicidade de ter um corpo? Talvez não, estou ainda a tentar salvar a minha alma. Para além do peso, para além do espaço, ainda sei muito pouco. Procurarei saber tudo quando descobrir a alma.

— Não a descobriu ainda, padre? — Olha-o no espelho, olha-o depois na realidade, compara as duas imagens.

— Não, ainda não a descobri. Sou padre, não é? — Pausa. — Sim, bem sei: nada há de mais horrível que um homem corporalmente satisfeito, mas sem alma...

— Que é a alma, padre?

— Ah, como posso responder? Não sei bem, ando à procura... Digamos: o amor, a alegria, a música, a generosidade, a poesia, o calor do sol, as flores quando olhamos para elas, quando as cheiramos...

— Isso não será antes o corpo, padre? — Também esteve para dizer: «Leu isso em São Tomás?», mas a ironia era despropositada e cala-se, ele que não gosta, que não teve quem lhe ensinasse a gostar, de música, ele que é homem e não padre, ele que ainda não pôde salvar a alma, pois a tem incompleta. Pensa fazer-lhe esta confissão, mas o padre recomeçara a falar e Vasco nunca mais se lembrará do que estivera para lhe dizer, a oportunidade passou.

— Quero a revolução. Compreendes? Se for necessário, se a República não nos criar dificuldades, atacá-la-ei, pois precisamos de ser perseguidos... — Estende a mão a Vasco, inesperadamente. — Espero uma visita, preferia que não estivesse cá...

Vasco levanta-se.

— Obrigado. — Indica a mala com a mão. — A revolução será muito em breve.

— Vá amanhã ouvir-me a São Domingos.

Vasco foi. Entrou na igreja olhando para todos os lados, vagamente envergonhado, não fosse algum amigo dar com ele. Ouve atentamente o padre. Um ataque violentíssimo contra os chefes republicanos, homens completamente afastados de Deus. E nessa tarde, sabendo que António Navas lho havia de agradecer, escreveu uma notícia hostilizando a posição da Igreja «na actual conjuntura política. Temos informações de que um padre, até aqui considerado e estimado pelas suas ideias avançadas, se converteu subitamente à reacção». Etc. O artigo do costume: tantas vezes foi escrito que já não precisa de que alguém o escreva, escreve-se a si mesmo. E António Navas agradeceu-lhe, mas com palavras que deixarão Vasco atónito:

— Não quero que sejas meu inimigo por favor. Tens de nos atacar, mas com muita fé, cheio de convicção...

— Sabe, padre Navas — responde-lhe —, pensando bem, vou fazer tudo para que a República favoreça a Igreja, não lhe crie dificuldades.

— Para que perca a alma, queres dizer...

O tempo há-de passar, virá a chuva, virá o sol e por entre a chuva e o sol o Cinco de Outubro. O rei há-de fugir, e do alto da Câmara Municipal a República há-de ser proclamada.

Certo dia, à noitinha, quando Lisboa regressa a casa, Vasco ouvirá gritos, vivas e morras.

Encarrapitado numa escada um operário da Câmara examina finalmente o bico de gás dum candeeiro público: há mais de quinze dias que os moradores da rua protestam, preocupados, pois a sombra cria zonas que favorecem os gestos amorosos. Vasco Miroto chegou a redigir uma local indignada contra o desmazelo do Município, mas ignora ser aquele o candeeiro em questão e nem dá pela sombra. Então percebe o que se passa: numa janela está o padre Navas; cá em baixo, algumas dezenas de homens e entre eles alguns civis armados. Aproxima-se. Senhoras de preto afastam-se com ar assustado, certos cavalheiros bem vestidos moderam o passo, tentando perceber o que vêem, mas sem se atreverem a parar, receosos de ficarem integrados naquela gente anónima.

— Vai para a igreja, pá! — Vozes cá em baixo. — Vai dizer isso às beatas! — Vozes femininas, mas não das senhoras de preto, que apressam o passo.

Que diz o padre ali à janela, envergando estranhamente uma camisa de dormir, pregando à multidão? Vasco não percebe.

— Então confessa lá quem era a freirinha com quem dormias!

Sempre sem conseguir compreender, Vasco ouve uma conversa:

— No Convento do Monte encontraram doze freiras grávidas e eram apenas vinte! Na cave havia mais de meia dúzia de esqueletos de recém-nascidos e um túnel que ligava o convento à sacristia da igreja!

— Coitado dele, deixem-no lá — ouve também.

Nesse momento surgem dois homens à varanda. Agarram no padre e pouco depois aparecem os três na rua. O padre esbraceja e grita dentro da camisa branca e comprida. Muito perto de Vasco.

— Estás bêbedo? É do vinho que bebes todas as manhãs na missinha, não é? — E alguém comenta que em certa igreja haviam sido encontrados barris de champanhe na sacristia.

De súbito, Vasco — e sem que possa impedir-se — começara a gritar:

— Não ataquem esse homem! — Percebera tudo: o padre buscava a perseguição, tentava salvar a alma da Igreja e era preciso contrariá-lo. — Não ataquem esse homem! — Ainda viu os olhos espantados e interrogativos de António Navas, sentiu um choque profundo na cabeça, perdeu os sentidos.

Mais tarde explicaram-lhe: o padre Navas criticara a República várias vezes na igreja, alguns civis tinham ido a casa dele ameaçá-lo. O padre estava de cama, cheio de febre. Percebendo o que se passava, fora à janela dizer à multidão que era preciso desafiar a República, que era preciso combatê-la. Gritara:

— Sois filhos de Deus e Deus ama-vos precisamente porque precisais d'Ele. Virá o tempo em que acharemos a felicidade, o tempo em que todos nos amaremos uns aos outros, em que todos seremos iguais e não haverá nem ricos nem pobres. Então ninguém acreditará em Deus, mas Deus há-de sentir-se feliz, pois ama os que têm coragem de O sacrificar à felicidade dos homens, pois deseja que para sempre os Seus filhos sejam livres, entregues a si próprios, alegres...

16

Ao prender Júlio Miguel, o inspector Bago visava dois objectivos: perturbar Maria Brenda e a célula republicana a que certamente ela pertencia e esclarecer as relações existentes entre Vasco Miroto e o tipógrafo. Quanto a este último ponto, o inspector Bago embateu contra uma porta fechada e bem fechada. Júlio Miguel recusou-se a falar, embora o obrigassem a estar de pé, embora não o deixassem dormir durante quatro dias, embora os pés lhe inchassem tanto que rebentaram com as costuras dos sapatos. Embora o tivessem espancado, embora o tivessem humilhado (mas poderá falar-se em humilhação?).

Nada! Contra toda a lógica, Júlio Miguel mantinha-se em silêncio, tomara perante si mesmo o compromisso de se atirar da janela abaixo, caso sentisse a tentação de fraquejar. Às vezes pensava coisas assim: «Deixa-me ver bem a tua cara, há-de vir o dia em que...» Não desejava mais: apenas puxar-lhe as orelhas (mas quando esse dia vier o Júlio Miguel já estará desinteressado de lhe puxar as orelhas — aliás, mesmo que não estivesse desinteressado, seria impossível puxar-lhas: o homem permanecerá na polícia, voltará até a interrogá-lo, voltará até a espancá-lo alguns anos depois, aquando de uma greve).

O inspector Bago perdeu assim oito dias que teriam sido muito mais proveitosos se deixasse o Júlio Miguel à solta, embora vigiado.

A verdade, porém, é que esse processo também não era absolutamente garantido — havia centenas de homens como o Júlio Miguel, impossível vigiá-los a todos! Ao prendê-lo, portanto, o inspector procurava muito simplesmente provocar uma reacção inesperada. Semelhante ao alquimista que mistura vários reagentes para ver o que acontece, ele ficou à espera de descobrir a pólvora.

Júlio Miguel roubara a carteira de Maria Brenda, eis a notícia que mandou espalhar. (Alexandre esfrega as mãos, a princípio. Desapareciam os seus escrúpulos de consciência, Júlio Miguel era afinal um simples gatuno, podia pô-lo na rua sem mais preocupações. Satisfação esta que durou pouco tempo. Não teria sido a necessidade de pagar a renda que levara o Miguel a roubar? E sentir-se responsável pela perdição de um homem não lhe agradava também.)

Quanto à Maria Brenda, a perturbação foi grande, e por muitas razões. De início ela decidira mandar o dinheiro anonimamente a um chefe republicano, mas deixara os dias passar, fora sucessivamente adiando esse envio. Embaraçara-se com hesitações como esta: A quem? Ao António José de Almeida? Ao Afonso Costa? Ao Bernardino? Ao Teófilo? Chegou até a pensar no Júlio Miguel, lembrando-se da renda da casa. Por fim, o demónio preparou-lhe uma partida ao colocar um anel, cujo preço correspondia àquele dinheiro, na montra de uma ourivesaria por onde passava muitas vezes.

Ah, é um sonho terrível, quando acordará Maria Brenda, quando acordará finalmente, quando sentirá a aspereza macia e quente do lençol, o desagradável afago do cobertor?

Não havia maneira de acordar, Maria Brenda passou por casa de Bernardo. Decidira pedir-lhe dinheiro, não queria aquele remorso, resolvera ajudar a família do Júlio Miguel — já que não tinha coragem de ir à polícia dizer a verdade. «Não há homens injustos, não há homens injustos... Quantos pecados sem castigo não teria cometido o Júlio Miguel?»

Neta? Bisneta da Maria Brenda? Também se chama Maria Brenda, mas não sabe — já ninguém sabe — que Maria Brenda é um nome de barco. Atravessa o jardim lentamente, combinou encontrar-se ali com o José Aurélio. Ela não imagina (como havia de imaginar?) que nesse instante — 1991 — ninguém está a pensar em prendê-la. Nesse instante nenhum inspector Bago acaba de concluir que Maria Brenda tem ideias subversivas, ninguém tirou de cima da secretária uma ficha de cartolina branca (ou azul ou cinzenta ou amarela ou verde) para escrever ao alto o nome dela e a morada, registar as inúmeras coisas que fez ou não fez. Ninguém põe depois essa ficha no seu lugar, junto de milhares de outras fichas. Ninguém, mais tarde, virá observá-la de novo para a completar com algumas palavras. Ninguém examina as outras fichas, ninguém as completa, ninguém lhes acrescenta o número. Ela está à espera do José Aurélio, telefonou-lhe momentos antes, escreveu-lhe ontem, tem a certeza de que ninguém lhe abriu a carta, que ninguém lhe escutou o telefone, tem a certeza de que ninguém tira neste momento de cima da secretária uma ficha de cartolina branca (ou azul ou cinzenta ou amarela ou verde) para escrever ao alto o nome dele e a morada, registar as inúmeras coisas que fez ou não fez. José Aurélio demora-se, pois ficou a terminar um trabalho com o Amadeu e este atrasou-se. Mas atrasou-se — José Aurélio sabe — não porque alguém tenha tirado no dia anterior a ficha dele, até ali adormecida no meio de muitas outras. Não. Ninguém poderia ter tirado de cima da secretária uma ficha de cartolina branca (ou azul ou cinzenta ou amarela ou verde) para escrever ao alto o nome dele e a morada, registar as inúmeras coisas que fez ou não fez. De manhã falara ao telefone com o José Aurélio, mas ninguém ouviu a conversa.

Maria Brenda (que não comprou indevidamente nenhum anel), José Aurélio, Amadeu, sabem tudo isso. Melhor: não chegam a saber tudo isso, nunca pensaram que pudessem as coisas ser doutra maneira. Não pensam até que para viverem assim milhares de homens, muitos anos antes, desistiram de ser felizes, foram perseguidos, lutaram, morreram.

— Por que razão hei-de sacrificar-me pelos outros, afinal? Por que razão hei-de sacrificar-me pelas gerações futuras? Não, não...

Em silêncio, Bernardo vai buscar um cigarro à cigarreira que está em cima da mesa, volta a sentar-se. Não compreende aquelas palavras da Maria Brenda, ignora se haverá alguma relação entre elas e o dinheiro que lhe emprestou. Ela continua:

— Quero viver um pouco, aproveitar a minha situação. Os outros desistiriam dela se a tivessem? Não acredito. Ora eu também valho alguma coisa, sou merecedora do meu amor-próprio...

Bernardo observa-a: ela aperta e desaperta o botão da manga da camisa, Bernardo procura-lhe os olhos, tenta fixá-los, não os encontra.

— Tens alguma situação? — pergunta ironicamente.

— O casamento contigo... — Mudando de tom: — Esta ou aquela. Mereço ou não mereço o meu amor-próprio?

Ele não responde logo. Desagrada-lhe aquela Maria Brenda, não é aquela Maria Brenda que deseja ouvir. Diz pausadamente:

— Quem sabe? Através dos nossos gestos inúteis e irresponsáveis, dos nossos jogos, talvez a história se construa, esteja a ganhar um sentido, a progredir...

Espantada, Maria Brenda não responde. Aquelas palavras... É Bernardo quem as está a dizer?

— Que te aconteceu, Maria Brenda?

— Uma coisa terrível...

— Diz-me.

— Não posso.

— Maria Brenda... Não percebeste ainda que eu estou disposto a compreender tudo? Que coisa terrível, Maria Brenda? É com certeza menos terrível do que julgas... — Pensa numa aventura amorosa infeliz, sente o coração apertado.

— Não posso, não posso... — E depois de uma pausa: — O que é mais terrível ainda, Bernardo, é o meu desejo de que todas as coisas percam a beleza... Preciso que não haja mais gente generosa, percebes? Nem sequer desejo compreensão. A compreensão humilhar-me-ia... Quero a igualdade dos homens, a igualdade na falta de amor, na mesquinhez... Para me sentir de cabeça levantada, egoísta! Preciso que o mundo seja injusto, que toda a gente seja mesquinha, só assim terei o direito de viver.

— Que se passa, Maria Brenda? Tonta... — Deseja dizer-lhe: «Não me interessa o teu passado, Maria Brenda, basta-me o presente, basta-me a confiança que tenho em ti, a certeza de que nada no mundo poderá tocar-te, poderá diminuir-te...» Mas não se atreve a falar, imagina sempre um fracasso amoroso.

O espião do inspector Bago avisou-o de que Maria Brenda fora a casa do Bernardo Lória. Amílcar Bago fica simultaneamente satisfeito e apreensivo. Satisfeito por descobrir que Maria Brenda, com aquele ar tão distinto, se metia afinal em casa de homens solteiros, decerto para fazer porcarias. Apreensivo, pois Bernardo tinha fama de monárquico. Investiga melhor: não havia dúvidas. Monárquico.

Um cavalo de Tróia — concluiu Amílcar Bago. E assim Maria Brenda não seria somente a amante de Bernardo, seria também emissária dos republicanos (os republicanos eram uns porcos, misturavam os negócios de cama com a política).

Ignorava o inspector Bago os motivos por que Maria Brenda se fingira roubada. Mas era-lhe fácil estabelecer que: a) o roubo do correio poderia ser obra de Vasco com o objectivo de obter fundos; b) o simulacro de Maria Brenda talvez tivesse idêntico fim; c) descobrira uma rede republicana que se estendia das classes mais humildes — Júlio Miguel — às mais abastadas — Bernardo Lória. Mas este disfarçava o seu republicanismo. Porquê?

De Bernardo Lória os agentes do inspector Bago foram parar à célula de que Xis (chamava-se Abel Duarte Silva Buarcos) era a principal figura. Informou-se: monárquicos declarados. Republicanos que se fazem passar por monárquicos — eis a descoberta implacavelmente lógica do inspector. Mas o chefe de quem Amílcar Bago dependia não ligou importância ao caso. «Também é republicano, os republicanos estão em toda a parte, até na polícia, a traição espreita», concluiu o inspector. E resolveu prosseguir as investigações por sua conta e risco. Ele salvaria o regime e a Pátria, seria promovido, convenceria finalmente o pai da Leonor a conceder-lhe a mão da filha. Era um homem de futuro!

O espião seguiu Maria Brenda, Maria Brenda foi a casa do Júlio Miguel com o dinheiro de Bernardo. (A senhora Maria mais outras duas mulheres, embrulhadas em xailes, rezavam à meia-luz, enquanto os dois filhos, sentados num banco manifestamente carpinteirado pelo pai com tábuas de caixotes, balançavam os pés, ainda muito longe do chão. Um deles era loirinho, o mais velho tinha cabelos pretos e a língua ao canto da boca.) Maria Brenda saiu um quarto de hora depois, humilhada por dentro e por fora — mas isso não podia saber o espião do inspector Bago. Humilhada não apenas por ser a causadora da prisão do senhor Miguel (ele nem sequer era simpático — pensa). Humilhada, pois descobriu que em cada minuto que passa está a roubar os maridos às outras mulheres, os pais aos filhos, e tudo isso pelo simples facto de existir e de levar a vida que leva. Os dois garotos haviam olhado muito para ela, não a tinham nunca perdido de vista. Chegou até a encará-los de súbito, inesperadamente, para os apanhar distraídos, atentos a outras coisas, ou a conversarem um com o outro, mas os olhos deles, fixos, imóveis, continuavam sempre lá a espreitá-la. E os pés que não chegam ainda ao chão, que nunca param de balançar!

Mas ela sai, o tempo vai passando, esta humilhação é vaga e difusa. Sempre com o agente do inspector Bago no encalço, Maria Brenda vê passar muita gente, homens e mulheres, inteiramente indiferentes. Mais tarde encontra Vasco. Ele pensará: Ser responsável pela desgraça de uma família é grave. Pela desgraça de milhões de famílias é menos grave. Menos grave para as consciências requintadas, pois à pergunta «que posso fazer por tanta miséria?» a resposta é, naturalmente: «Nada!» Mas abstém-se de pronunciar estas palavras em voz alta, não quer ofender a Maria Brenda. Ela:

— Tu próprio o dizes... A República não vai modificar a sorte destes homens. Para que servirá então? Para substituir clientelas?

— Para entreabrir a porta por onde hão-de entrar os homens de boa vontade. Os das revoluções a sério.

Maria Brenda hesita, pega-lhe na mão, ergue-a, abre-a como se quisesse ler nela o destino, diz:

— Quando espreitas para dentro de ti, que é que lá encontras? — Há-de perguntar a mesma coisa a Bernardo quando forem a Veneza.

— Acho sempre os outros, acho-te a ti, por exemplo.

— Não, Vasco. Supõe que não me conhecias, que não conhecias ninguém, que estavas numa ilha deserta...

— Não estou numa ilha deserta. Na minha ilha estás tu, estão muitas coisas mais. Tu.

— Deixarei de tocar piano, deixarei de ler. A pouco e pouco, a pouco e pouco, esquecerei o que me ensinaram os outros, esquecerei tudo, achar-me-ei a mim própria...

— Maria Brenda! Sabes muito bem que não te acharás a ti própria...

— Que te agrada em mim? Se eu penso com as ideias dos outros, com os sentimentos dos outros, se procedo como os outros...?

— Maria Brenda! Amo-te, pronto!

— Sabes? Que hei-de fazer? Estou a brincar contigo, naturalmente... Ah, se soubesses como não me preocupa nada não me ter encontrado! Senti-me até satisfeita por descobrir que não há em mim uma só coisa a que possa chamar minha! Vou casar-me com o Bernardo. Ah, estas são as ideias da grande maioria dos homens, as ideias mais em voga, a solução final! Casar-me-ei rica, e pronto! Nem serei bem eu quem se casa, serão os outros, já que dentro de mim só encontro os outros, o que eles me ensinaram... E é talvez por isso que me sinto actriz, que posso desempenhar papéis muito diferentes... — Está a sorrir. Subitamente: — Que dia bonito, não te apetecia agora estar no campo, estar no alto duma colina, ver muitas árvores, uma cidade lá ao longe? Coimbra com a sua Torre, por exemplo?

O espião disse mais tarde ao inspector Bago:

— A gaja encontrou-se com o Miroto à saída do jornal, andaram de mãos dadas. Mas antes passou pela casa do tipógrafo.

— A grandessíssima cabra!

... do tipógrafo, que neste momento está preso. Mas virá o dia em que estará livre. Livre e com bombas escondidas num barracão, ali ao pé de casa. E como vai proceder quem guardou meia dúzia de bombas disposto a lançá-las contra os defensores do regime no dia da revolução? E esse homem, manso por natureza, abre a arca, vê as bombas, e sente pena de não as ter utilizado. Afinal uma bomba nasceu para ser lançada e não para permanecer inactiva. E Júlio Miguel, enquanto as observa, pensa que tudo se está a passar como se ele não existisse: não tem voz que seja ouvida e só as bombas poderão acordar as almas, dar essa voz a quem de outro modo não é ouvido. Embora sem grande convicção, Vasco aconselhara-o a desfazer-se das bombas.

— Precisamos de ajudar o governo, senhor Miguel, mesmo se sentirmos que ele não é inteiramente por nós. Temos de ter paciência, não jogar ainda tudo por tudo, pois o nosso momento ainda não chegou. Admitindo até que subíamos ao poder... Não estamos preparados... E se lhe causarmos demasiadas dificuldades, ele cai... Nas mãos de quem? Nas nossas? Não; nas mãos dos reaccionários, que depois tratarão de nós a chicote por muitas dezenas de anos.

Sim, deitará fora as bombas e o dia virá — um ano e tal depois do Cinco de Outubro em que Júlio Miguel há-de ser levado com mais algumas dezenas de companheiros para os porões da fragata «D. Fernando». Preso por causa da greve e, por sinal, será até interrogado pelo inspector Bago. Uma greve que se iniciará no Alentejo, que já tinha os seus mortos, que levara os operários de Lisboa a faltarem ao trabalho. Uma greve à qual Vasco se opusera. E hão-de sentar-se os dois num pequeno café a discutir o assunto, enquanto, muito perto deles, se jogará o xadrez.

Júlio Miguel:

— Se hoje abdicamos, nunca mais seremos ouvidos.

Vasco, ao mesmo tempo que segue com os olhos a partida de xadrez e espera pela jogada das brancas:

— Ah, senhor Miguel, a confiança entre nós acabou. O senhor já não acredita em mim.

— Acredito. Sei perfeitamente que o senhor Vasco é sincero, mas...

— Temos de estar unidos, os inimigos preparam-se...

— Unidos para salvar o quê?

Ao contrário do que esperava — um avanço da torre —, as brancas recuaram um bispo. Vasco dirá:

— Para o salvar a si, a mim, pois duvida?

Júlio Miguel, que pouco antes declarara a sua confiança em Vasco, pergunta:

— Senhor Vasco, posso acreditar em si?

— Que quer dizer? — O recuo da rainha preta, o ataque imediato do bispo, o avanço do cavalo a defender a próxima jogada do rei.

— Eu acredito no senhor. Se me garantir que esta greve é neste momento um crime, que para já é mais útil aos homens como eu não criarem complicações à República, comprometo-me a segui-lo...

— Não garanto nada. Terá de decidir por si mesmo.

— Porque não quer comprometer-se?

— Porque não sou Deus. — Mas era evidente: as brancas estavam perdidas.

— Senhor Vasco... Até aqui ouvi-o sempre e não tenho razões de queixa. Mas se o senhor não tem a certeza, como hei-de guiar-me?

— Ouça... — Um contra-ataque das brancas com o bispo. — Chegou o momento em que já não posso ajudá-lo. Vou dizer-lhe: oponho-me à greve, apoiarei os ministros que querem prender os grevistas, que querem prendê-lo, senhor Miguel. Isto é a minha opinião. Mas o senhor é um homem sério, não quero dar-lhe uma certeza que eu próprio não tenho. Quem sabe se não estarei enganado, compreende? Quem sabe se eu falo, sem saber, em nome do sangue burguês que me corre nas veias...? Não levar avante a greve pode ser uma derrota para todos vós, para todos nós... Levá-la avante pode contribuir para derrubar o governo republicano, para ajudar os inimigos da República... Qual a decisão acertada? Não estamos ainda no futuro, nada sei, nada podemos adivinhar...

— Senhor Vasco... Há uma coisa que nunca pude compreender. O senhor não bebe, não fuma, nunca o vi dar uma gargalhada. Como se diverte?

— Como me divirto? — Um peão negro a atacar o bispo.

— Sim. O senhor sempre me deu a impressão de quem não se divertia, não sabia divertir-se, não sabia aproveitar as coisas belas da vida. A minha mãe costumava dizer: «A vida é um vale de lágrimas...» Isso é mais verdade para o senhor do que para mim. O senhor não sabe cantar não conhece a alegria? Sim, nunca o vi dar uma gargalhada. Senhor Vasco! Há em si um erro, sempre pensei. Lembra-se de me dizer que não queria nada da República? Eu respondi-lhe: «Não faça isso... Aceite!» Se o senhor não queria nada para si próprio, se só queria para os outros, estava errado, não sabia viver.

«Que sabes tu de mim? Como podes falar de cor?»

— Senhor Vasco... A partir de hoje vamos seguir caminhos diferentes. Mas continuo seu amigo... Se quiser vir para o meio da nossa greve, estaremos à sua espera na Federação das Indústrias. Aprenderá a cantar connosco, cantaremos todos juntos... Aprenderá a alegria, quem sabe? Passará a ter esperanças, como nós...

As brancas tinham perdido a rainha, estupidamente perdido, e Vasco dirá:

— Talvez... Mas nunca se esqueça do que lhe disse... Não se esqueça que da próxima vez a reacção não nos perdoará. Serão mil vezes mais terríveis que no tempo do João Franco e isso porque não soubemos estar unidos.

— Mas uma unidade que favorece a quem?

— Eis-nos então adversários... — Levanta-se, estende-lhe a mão.

— Senhor Vasco... Adversários... Mas se um dia vier ter connosco dar-lhe-ei uma coisa.

— O quê?

— A esperança.

Poucos meses antes desta conversa, alguns meses após a revolução republicana do Cinco de Outubro, Maria Brenda, que havia de casar dois meses depois, disse a Vasco:

— Ouve... Cometes um erro gravíssimo. Tu és como eu, é impossível que não sejas... Que desejas tu na vida? Um pouco de dinheiro, de prazer, de ócio, de diversão... Tudo isso, mesmo que seja à custa do trabalho alheio. Sim. Desde criança que desejavas enriquecer, mesmo à custa da pobreza dos outros. Depois começaste a ler, deste-te com algumas pessoas, convenceram-te de que as tuas ambições eram indignas. Convenceram a tua inteligência. Mas convenceram também os teus sentimentos, os teus desejos mais fundos? Ah, nunca serás feliz, hás-de perguntar-te muitas vezes: «Valeu a pena o sacrifício dos meus mais secretos desejos? Não teria sido preferível cuidar apenas de mim próprio, despreocupar-me do resto?» Vasco! Nunca poderás ser feliz se continuares revolucionário... Tu és um burguês, compreendes? Um burguês como qualquer outro, um burguês com sangue burguês nas veias... — Cala-se, desaperta inconscientemente o fecho da bolsinha de mão, volta a fechá-lo. — Qual será a cor do sangue burguês? A nobreza tem sangue azul...

— O da arraia-miúda é vermelho. Já vi algumas vezes a cor dele no empedrado das ruas, depois das cargas da municipal.

— Verde? Amarelo?

— Amarelo.

— Amarelo, os amarelos... Ouve: não dizes nada?

— Digo, Maria Brenda.

— Estou a ouvir.

— Digo que talvez tenhas razão.

— Na cor do sangue?

— Não. No resto.

Ela não responde logo, sem compreender as palavras de Vasco. Esperava dele, espera dele, que lhe demonstre que nada daquilo é assim, que está enganada acerca dos seus próprios sentimentos.

— Achas? — diz.

— Porque não?

— Admiro-me.

— Porquê? Talvez tenhas razão... Sim, muitas vezes faço essa pergunta: porque não abandonarei tudo, porque não procurarei cultivar somente o meu jardim? Mesmo durante a Monarquia... Às vezes dizia com os meus botões: para que venho ao bairro de Alcântara quando podia dedicar-me ao meu jardim? Mas repara, Maria Brenda, estaria agora arrependido...

— Podias estar morto.

— Podia, mas não estou. Vivo e arrependido, compreendes? Mas andei por Alcântara, combati em Cinco de Outubro, sinto uma grande alegria por ter contribuído para o triunfo. E isso também me dá prazer, sabes? Um prazer imenso... Digamos: alegria. Ponho-me então a comparar: «Que pensaria eu agora se tivesse ficado à margem da luta?» E respondo, como se isso fosse verdade: «Fui uma grande besta! Fui uma grande besta!» — Pega na mão da Maria Brenda, aperta-a com força. — Não, não posso dedicar-me unicamente ao meu jardim. No fundo sou mau jardineiro.

— No fundo não tens jardim...

— Será? — Encolhe os ombros. — Prometi uma vez ao Júlio Miguel que não aceitaria nada da República. Serei estúpido? Não... Quando penso assim encho-me de alegria... Sabes? Às vezes digo: «A felicidade já não é para a minha vida. Talvez para daqui a meio século, mas não para a minha vida...» Julgas que fico desesperado? Às vezes fico, é claro. Mas outras sinto-me feliz. Esta certeza de que depois de morrer o mundo será mais alegre, os homens se compreenderão melhor... Será que me sinto alegre com uma coisa que afinal não me diz respeito? Ponho-me a pensar e não atino com a resposta. A não ser esta, mas seria pura metafísica: em nós não há só a alegria pelo nosso destino individual, há também uma alegria pelo destino da espécie... Será então que não somos puramente egoístas e que vivemos as alegrias da espécie mesmo quando sabemos que isso não acontecerá antes da nossa morte? Ou será uma coisa mais simples: olho em volta de mim e vejo os tiranos, os homens que dominam a pobre humanidade... Sofro... Mas então penso: «Sereis destruídos, sereis destruídos! Que importa que isso venha a acontecer quando eu já estiver debaixo da terra?» Alegria, sim! Saber que serão destruídos, implacavelmente destruídos! Saber que, apesar de tudo, perderam a partida! E talvez eles de vez em quando pensem nisto e se mordam por dentro... Também sinto alegria ao pensar que eles se mordem por dentro.

— Para ti a revolução foi álcool, é álcool. Tu não bebes, conspiras...

— Chama-lhe o que quiseres. De resto, bem sabes: já não conspiro. Pelo contrário: defendo a República, defendo a ordem estabelecida. As minhas relações com o Júlio Miguel não correm bem.

Não será o tal sangue amarelo que me corre nas veias? Não estarei a enganar-me a mim próprio?

Vinte, vinte e cinco, trinta, trinta e cinco anos depois, no próprio ano em que morreu, Vasco há-de perguntar muitas vezes: «Onde esteve o erro? Porque perdemos uma partida que deveríamos ter ganho? Não soubemos então merecer a vitória?» Ele acreditava que, ao cabo de contas, a vitória acabaria por chegar, mas isso não lhe bastava. Por culpa dele, por culpa de muitos outros como ele, de Júlio Miguel também, essa vitória fora adiada. E onde estivera verdadeiramente o erro? Quase sem dar por isso entretém-se a descobri-lo: foi neste instante, foi naquele... Começa a sonhar: altera então os gestos passados, a história transforma-se, ele já não está no Brasil, o mundo é outro. De súbito mergulha num pesadelo: o passado parece-lhe então um grande bloco transparente e rígido onde os gestos estão presos, congelados, fixos. Gestos que jamais poderão vir a ser outros, que nunca puderam ser outros — conclui horrorizado. E então o presente surge-lhe também como um bloco rígido e transparente que lhe imobiliza os braços, as pernas e a vontade. E só um mundo igualitário e fraternal — pensa — poderá fundir esse gelo, romper os fios invisíveis que lhe prendem os gestos, deixá-lo ser livre, deixá-lo ser um homem verdadeiro.

— Não estarei a enganar-me a mim próprio? Não estarei, sem dar por isso, a favorecer o jogo da reacção, a ajudá-la a subir ao poder?

— Vasco! — dirá ela, comovida.

— Aí tens, Maria Brenda. Também não sei nada. E se me incompatibilizei com o Júlio Miguel, porque não aceito então um bom lugar? O Afonso Costa várias vezes mo propôs... Ah, será apenas o desejo inútil de me dizer a mim mesmo: «És um homem honesto?» Como? Precisarei destes artifícios para acreditar que sou honesto,

Maria Brenda? Serei assim tão céptico acerca dos meus próprios sentimentos?

Maria Brenda pega-lhe na mão. Tinha a certeza de que Vasco sofria e que, pela primeira vez, o mundo lhe faltava debaixo dos pés. Provisoriamente? Definitivamente? Este diálogo começara por uma declaração da Maria Brenda: «Gosto de ti, Vasco, mas vou casar com o Bernardo.» Ele não sofreria muito — pensara. Mas o rumo da conversa demonstrava-lhe agora que sim. E por um momento passa-lhe pelo espírito a ideia de que se disser «Leva-me contigo», o mundo ganhará de novo para Vasco a perdida consistência.

— Queres casar comigo?

— Bravo! Vejo que te faço pena. E está bem: sou digno de lástima... — Uma pausa. — Depois do que disseste? Não, Maria Brenda. Entre nós acabou tudo. Talvez não, talvez amanhã eu esqueça ... Não, não. Acabou tudo. Não poderia suportar a vida contigo depois do que disseste. Ficava sempre com a impressão de que era pena o que tu sentias... E depois... Queres saber? Mergulho dentro de mim e procuro o teu amor. É muito estranho isto que te vou dizer, nunca dei por tal, só agora vejo: o amor está vazio, deixei de gostar de ti. Deixei? É tudo tão estranho! De repente, parece-me que nunca te amei, que é impossível ter-te amado, que foi tudo uma ilusão. Como se tudo isso pertencesse a outro mundo, como se fossem reencarnações... Como se esses dois que se amaram não fôssemos nós os dois, ou tivéssemos sido nós os dois, mas numa outra vida, há milhares de anos... Ou então que não tivemos passado, que foi tudo um sonho... Compreendes? — De súbito não sabe já o que está a dizer, pensa noutra coisa, algo que nunca se lhe apresentara com tamanha nitidez: «Como é injusto este mundo! Não bastava a Bernardo ter uma vida fácil, ter dinheiro, estar liberto de patrões, ser senhor da sua vontade... Até nisto: esta mulher é dele, não é minha...» Receoso de que a Maria Brenda adivinhe o que está a pensar, muda o rumo das ideias, engana-a em silêncio: «Não gosto de ti, não gosto de ti, não gosto de ti...»

— Vem... Não me perguntes nada, vem... — Maria Brenda pega na mão de Vasco, arrasta-o, encaminham-se para a Rua de São Marçal. Em silêncio, em silêncio. São três horas e meia, Bernardo ainda não pode estar em casa. E abre a porta, entra, começa a subir a escada, os olhos postos nas portas de vidro, lá em cima, nos vasos da China. Vasco não compreende o que se passa, adivinha ser aquela a casa de Bernardo, espera encontrá-lo, não o deseja encontrar, acha estranho que Maria Brenda tenha uma chave. «Não me perguntes nada», tinha ela dito. Não pergunta nada.

Entraram no corredor, ela segue à frente, experimenta uma porta, duas... Estão fechadas. Mas não a terceira. Um quarto escuro: cadeiras em cima umas das outras, malas, pó, um divã. Maria Brenda entra, Vasco acompanha-a. Ela abre a janela, encosta-a depois.

— Não me perguntes nada...

Vasco abraça-a timidamente. A pouco e pouco, a obscuridade, o corpo dela, a própria tristeza... A audácia também! Estão deitados e o mundo parou, nada mais existe. As mãos de Vasco nos ombros, nos braços, nas ancas de Maria Brenda. As mãos de Maria Brenda nas costas e no rosto e nos cabelos de Vasco. Vestidos ainda, mas a ousadia cresce. Vasco Miroto, cujos dedos aprendem a desapertar uns botões que parecem não caber nas casas, sente-lhe, por breves instantes de indecisão, a nudez macia do seio.

De súbito, uns passos no corredor. «Voi che sapette che cosa e l'amore.» Bernardo chegou mais cedo, vem a cantar, vai abrir a porta?

Maria Brenda quer chamá-lo, Vasco fecha-lhe a boca. Sim, chamá-lo: seria esse o único meio de permanecer definitivamente com o Vasco, Bernardo ao vê-los assim deitados ficaria desiludido.

Ao fechar-lhe a boca, Vasco perdeu-a para sempre.

17

Ah, mas quem pode saber — hoje, 4 de Outubro de 1910 — que Júlio Miguel e Vasco hão-de discutir um com o outro em 31 de Janeiro de 1912? Como ter a certeza de que nem Vasco nem Júlio virão a morrer até lá (a certeza de que Vasco sairá são e salvo do assalto a Infantaria 16, a certeza de que Júlio Miguel sairá são e salvo das mãos do inspector Bago)? Mais: neste momento, duas horas da tarde, quem pode garantir que o assalto poderá realizar-se? Ou talvez se realize, e talvez os republicanos venham a perder a batalha...

E para já, duas horas da tarde, existe um difícil obstáculo à vitória. Qual? Uma inconfidência... Vasco não resistiu:

— Maria Brenda... Esta noite... Sabes, talvez nunca mais nos vejamos... — Até certo ponto o desejo de se valorizar. Mas também esse medo súbito: morreria, morreria antes da vitória, morreria antes de tudo.

Maria Brenda levianamente completará a leviandade do Vasco Miroto ao contar o segredo ao Bernardo Lória.

Ao Bernardo Lória, que pouco depois saía de casa, ignorando ainda se deveria ou não contar alguma coisa ao Abel Duarte. Monarquia, República... Que lhe importava uma coisa ou outra? Mas combinara um encontro com o Abel Duarte no Beato e quando o viu não foi capaz de resistir: «Hoje, às três da madrugada...» Estas palavras são ouvidas pelo agente do inspector Bago, levadas por este ao coronel Morais Sarmento, comandante da polícia, e logo transmitidas ao presidente do ministério, Teixeira de Sousa.

Abel Duarte e Bernardo são presos mais tarde — o primeiro no momento em que pretendia ser recebido pelo comandante de Infantaria 16. Não acreditava na polícia, preferia avisar directamente o coronel Celestino da Costa (que nesse momento carregava já com a morte aos ombros).

Abel Duarte convenceu-se de que a polícia o prendera para impedi-lo de espalhar o segredo. Os agentes traíram o regime, eram carbonários — pensou —, e por isso mesmo não abriu a boca, apesar de violentamente espancado. Porque Abel Duarte era um homem corajoso.

Quanto a Bernardo, também se recusou a prestar declarações, achava humilhante prestá-las; não resistiu aos maus tratos, falou:

— Sei apenas que Vasco Miroto vai assaltar esta noite um quartel... — Não sabia mais nada e conseguiu calar o nome de Maria Brenda.

Os superiores de Amílcar Bago encolheram os ombros, não acreditaram. Tinham outras preocupações: fora apanhado um mapa de Lisboa assinalando numerosos depósitos de bombas. Mas as indicações eram vagas, a polícia podia determinar os bairros, não os locais exactos. E quem lhe poderia dar informações precisas? Bernardo e Abel Duarte, naturalmente. «Hoje, às três da madrugada, o quê?» Uma reunião secreta com toda a certeza... Exausto, Bernardo acabou por responder que sim, por inventar um local, por dizer ao acaso vários nomes, por dizer que o assalto ao quartel era pura fantasia para despistar a polícia!

— Não gostarias de arrumar estes móveis de forma diferente? — dirá a Maria Carlota.

Alexandre não compreende. Quantas vezes fez a si mesmo aquela pergunta? Mas a proposta mete-lhe medo, como se lhe quisessem alterar os hábitos a que tão bem se acomodara (ainda que deles se queixasse). Responde:

— Não — e a conversa morre.

Carlota há-de esquecer-se de ter dito estas palavras. Neste instante, Machado Santos prepara-se, dezenas de outros homens se preparam, o almirante Reis ignora que vai suicidar-se dentro de poucas horas, o coronel Celestino da Costa não sabe que será abatido por uma rajada de tiros no seu próprio quartel, no palácio da Ajuda o rei está a jantar com o presidente da República do Brasil e não imagina que já não passará a noite seguinte em Portugal, que será um rei destronado a caminho de Inglaterra. Que importância tem isso? Daí a pouco mais de um ano, Carlota há-de voltar a dizer, sem se recordar de que já uma vez o dissera:

— Não gostarias de arrumar estes móveis de forma diferente?

Alexandre lembra-se: foi na noite da revolução... O medo novamente de que lhe alterem os hábitos! Porém, num mundo em desordem, com os monárquicos de Paiva Couceiro a ameaçarem o Norte, não era verdade que os hábitos se alteravam constantemente? Para não ir mais longe: que é feito do Vasco? (Perguntara-lhe da última vez: «Vês que o mundo não marcha?» Ele respondera: «Marcha devagar... Sabe porquê? Porque nós, os que temos consciência disto, não desenvolvemos ainda todo o esforço necessário. Damos um décimo, um quinto, alguns darão até metade, três quartos do nosso esforço, e é tudo... No dia em que eu quiser verdadeiramente, no dia em que o senhor quiser verdadeiramente, no dia em que todos os homens conscientes quiserem verdadeiramente e deixarmos de esperar que sejam os outros a fazer o que nós próprios temos a obrigação de fazer... E esse dia há-de vir!») Quanto ao António Navas...Que é feito dele, que raras vezes aparece depois que o soltaram?

Carlota:

— Tens conversado com a tua filha?

— Porquê?

— Nada... — Debruçar-se-á outra vez sobre o tricot.

Ele, apanhando a manta:

— Em que estás a pensar?

— Tenho medo da tua filha, Alexandre.

— Medo?

— Que ela se destrua...

Alexandre não responde imediatamente.

— Que queres que lhe faça? É livre. Casou-se.

— Casou-se, não é livre. Vi-a no outro dia por acaso, estava com o Vasco, senti que ficaram ambos preocupados...

— Quando muito poderia dizer-lhe: o mundo não perdoa... Mas como posso condená-la se nem mesmo sei se ela corre algum risco, se não sei até se os riscos são riscos? Como posso condená-la se ela não acredita na moral em que tu acreditas? E eu só creio numa coisa: é preciso buscar a felicidade... O resto não vale nada.

— Julgas que a tua filha procura a felicidade?

— Sabes que sim. Sabes que venceu a primeira batalha, o Augusto Rosa vai dar-lhe o primeiro papel na *Casa da Boneca.*

— Actriz!

Alexandre ajeita melhor a manta (foi a Carlota quem lha deu, ele já não se lembra), tira um cravo de cima da secretária, cheira-o enquanto lê o jornal.

— Esta noite sonhei que estavas curado.

— E estou a fingir?

— Se assim fosse... — dirá Carlota, deixando o tricot. Mas arrependeu-se.

Alexandre dobra o jornal, poisa-o no chão, pega outra vez no cravo branco, observa-o à contraluz.

— Não respondes? — insiste a Carlota com o tricot suspenso. Murmura: Levanta-te e caminha, levanta-te e caminha... — Vê-o de pé, iluminado por uma poalha brilhante, vê-o aproximar-se, pegar-lhe nas mãos.

— Levanta-te e caminha... — Os olhos molhados, as mãos húmidas: o suor das mãos de Alexandre. — Levanta-te e caminha...

Ele diz em voz muito baixa:

— Já alguma vez pediste aos teus santos?

— Já.

— Tens fé?

— Tenho fé — responde, subitamente descobrindo que está a mentir, subitamente receosa de que Deus perceba que está a mentir.

— Carlota!

Esquecendo completamente a ilusão, enxugando as lágrimas, responde:

— Li o teu diário... Li o que escreveste... Escreveste que não gostavas de mim, escreveste que gostavas de mim.

Mas Alexandre observa-lhe os pés: como podem aqueles pés pertencer à Carlota, alguém que sofre, está naquele instante a sofrer? Alexandre teve sempre a certeza de que ela folheava o diário e lembra-se agora que escreveu aquelas palavras — as últimas, as do amor que persistia — para mantê-la numa piedosa ilusão. Sim, o amor por Carlota estava morto, mas ela não tinha mais ninguém... A mentira:

— Amo-te, Carlota.

— Essas palavras, mas olhando para mim! — Carlota levanta-se. Como foi possível viver com Alexandre todos aqueles anos, dia a dia, quase minuto a minuto? Vivera sempre à espera de nem sabe o quê, mas agora essa esperança estava morta, nada lhe interessava. E talvez Deus lhe preparasse o céu. Mas havia tantos outros a ganhá-lo, com uma vida mais feliz! Com ódio por si mesma, dirá:

— Sabes que te enganei? Não uma vez, mas várias?

— Estás a mentir. — De súbito ele tinha a certeza de que nunca fora enganado. — Estás a mentir. Estás a vingar-te.

— Digo a verdade.

— Não.

— Digo... — Fraqueja. Que loucura fora aquela? Porque estava a martirizá-lo (ignorava que não o martirizava)? — Não, não é verdade...

A confiança de Alexandre esvair-se-á nesse momento, ainda tão distante.

— É, eu sei que é verdade. Quem era ele? Quem eram eles? — Perguntas cheias de calma. E ela percebe (ou julga perceber) que para o marido tudo é indiferente.

— Sim, é verdade.

— O António Navas?

Inseguro, de olhos baixos, ajeitando ainda uma vez a manta que lhe escorregara para os pés, Alexandre sente-se extremamente calmo; ao menos a mulher não poderá queixar-se duma vida completamente vazia.

Não completamente vazia, só porque em alguns breves instantes um homem e uma mulher se acharam nos braços um do outro? Alexandre está a pensar na Carlota, em António Navas. São felizes, tiveram a sua parte neste mundo, podem agora esperar pela morte com tranquilidade, satisfeitos, felizes, completos. Só então se lembra de si próprio.

— Que vamos fazer? — pergunta.

— Que pensas tu?

— Tanto me faz — diz, fingindo um desespero que de facto não sente.

— Tanto faz — repete Carlota. Descobriu: não havia em Alexandre a mais pequena parcela de amor, não tinha valido a pena ser-lhe fiel (mas também é verdade que nunca desejou ser-lhe infiel, que sempre se sentiu feliz sendo-lhe fiel e até por isso cumpridora, vivendo assim à beira dele para o salvar).

Alexandre fechou os olhos. Uma força inesperada, estranha, um arrepio elástico nos músculos, no peito, nas pernas. Uma perda de consciência como se fosse a desmaiar, mas não era bem um desmaio: uma levitação, a cabeça que se expandia, que se tornava maior e as próprias mãos que deixavam de ser dele, gigantescas, dormentes... Um regresso lento. Acredita num milagre, acredita em Deus, diz num impulso (ele que há tantos anos não pode andar, ele que dará tudo, que venderá a Deus a própria alma, o próprio orgulho para poder andar):

— Carlota, tinhas razão... Posso andar, fingia que não, mas posso.

Carlota aproxima-se de Alexandre, afaga-lhe a testa molhada, os cabelos ensopados em suor.

— Meu pobre...

Preso à cadeira, inteiramente regressado a um mundo em que as mãos voltam a ser dele e a cabeça tem o tamanho natural, em que o perigo do desmaio passou, Alexandre começa a chorar mansamente.

— Que maçada! Que maçada! — diz o capitão Mota observando desinteressadamente os colegas que se entretêm com o bridge.

— Porque não vai deitar-se?

— Sim, parece-me que sim — responde sem se decidir. O quartel estava de prevenção, mas depois de tantas noites a prevenção tornara-se uma rotina que apenas servia para mal dispor os ânimos.

— Jogue uma partidinha! — diz-lhe um amigo.

Ignoram que, nesse mesmo instante, Machado Santos mais setenta homens (e entre eles Vasco Miroto) estão em frente da porta da guarda.

— Que maçada! Que maçada!

De súbito, um tenente que dormita num sofá acorda sobressaltado:

— Que horas são?

— Já é uma... — responde-lhe outro tenente jogando um valete. Mas não tem tempo de continuar. Fora, na rua, ouve-se uma algazarra enorme e o capitão Mota vai à janela para ver o que se passa. Nesse mesmo instante a porta abre-se de repente, as cartas voam, de mistura com uma rajada de vento.

— É na parada! Os soldados revoltaram-se...

Horas depois, com uma facilidade que tantos anos de sofrimento e de lutas não deixariam prever, quase sem resistência, meia dúzia de tiros ou pouco mais, o regime caía. Definitivamente?

Janeiro de 1963.

PALAVRAS DE AGRADECIMENTO À ACADEMIA

LIDAS PELO AUTOR DE *AS BOAS INTENÇÕES* AO RECEBER O PRÉMIO RICARDO MALHEIROS

Não será indelicado lembrar: esta Academia ignorou *A Relíquia*, de Eça de Queirós; todas as academias, todos os júris literários, erraram muitas vezes, tantas vezes que será difícil encontrar alguém que não esteja mais ou menos convencido de que a história dos prémios literários é, num breve resumo, a história algo envergonhada dos livros que, na sua quase totalidade, essa mesma história acabou por esquecer. Assim, um prémio não se limita a inquietar quem se vê obrigado a correr o risco de o atribuir, inquieta principalmente quem o recebe. Afinal — pergunta nada confortável — será *As Boas Intenções* um novo exemplo a ilustrar a tradicional falibilidade dos júris?

Creio bem que sim — perdoem-me esta confissão pública aqueles que tão generosamente aqui me trouxeram. Mas deixem-me acrescentar: encaremos com alegria o inevitável destino desta obra futuramente esquecida, porquanto esse destino reflectirá com indesmentível justeza os novos interesses de um mundo certamente mais humano — e no qual os problemas debatidos em *As Boas Intenções* terão perdido o significado. Transformar-se-á portanto este romance, quando muito, em fonte de saber histórico acerca de Lisboa (mil novecentos e sessenta e tal), mas não de problemática viva, facilmente entendível nas linhas e entrelinhas. Fonte de saber histórico, repito, acerca de um mundo que será então encarado apenas como um cadáver — cadáver que os homens do futuro poderão de vez em quando velar, mas distraidamente. Mundo que tem algumas virtudes, apesar de tudo, pois que, e embora contra os desejos de muitos, lá vai progredindo, lá vai dando cada vez mais oportunidades aos homens: pouco a pouco — no meio de sofrimentos, é certo —, eles vão libertando-se da miséria, da doença, dos fantasmas múltiplos e tirânicos; pouco a pouco — no meio de lágrimas e de desespero, é certo —, vão conquistando uma dignidade inteiramente desconhecida no passado, ou só conhecida por uma minoria.

No centro deste mundo — cadáver futuro, como todas as coisas que num dado momento estão vivas, mas também já cadáver presente —, os romancistas desejosos de darem dele uma imagem correcta e dinâmica. Correcta e dinâmica, isto é: uma imagem em que se reconheça o que há de desesperante numa sociedade sujeita a inúmeros esforços para que não evolua, onde, não poucas vezes, até as boas causas transigem como as más e que, do mesmo passo, não ignore a outra face mais positiva da marcha dos homens e saiba portanto resistir à fascinante atracção do desespero total. Por outras palavras: uma imagem aberta ao desespero, mas aberta também à luta contra esse desespero, reveladora de que ele não é realidade única, é talvez uma ilusão provisória, reveladora de que, perante o mistério que o presente e o futuro nos oferecem, são talvez muitos os motivos para desesperar, mas não menos os motivos para esperar.

Pergunta: como irá o romancista dar corpo a essa imagem? Deverá recorrer a fórmulas que fizeram a grandeza da novelística anterior à Segunda Guerra Mundial, que sustentaram e estimularam os grandes mestres, um Balzac, um Tolstoi, um Thomas Hardy e até um Proust ou um Kafka? Ou concluirá que tais fórmulas já não servem ou dificilmente servem, estão gastas, são incapazes de espevitar o espírito criador, de o empurrar para a frente, de o ajudar a exprimir a individual experiência do romancista, essa individualíssima e particularíssima experiência que, todavia, se cruza, dolorosamente umas vezes, alegremente outras, com experiências alheias, individuais e colectivas, dos círculos sociais em que ele, romancista, adaptada ou inadaptadamente, se integra?

O ferro e o cimento obrigaram os arquitectos a achar novas fórmulas; os novos dados, as novas inquietações desta sociedade que veloz ou lentamente se industrializa, veloz ou lentamente se torna mais justa ou mais injusta, não obrigarão o romancista também a descobrir novas fórmulas? Ou continuará a considerar o ferro e o cimento que o mundo actual lhe oferece como simples substitutos da pedra e da madeira, continuará a escrever romances em estilo românico, gótico ou clássico?

Dizia Eça de Queirós que conhecia os processos, mas que lhe faltavam as teses. Para além do que há de provavelmente excessivo na confissão do grande escritor, tenho-me perguntado muitas vezes se a situação do romancista contemporâneo não será a inversa: termos as teses, as ideias (ou, pelo menos, os sentimentos), mas faltarem-nos os processos, as fórmulas, os instrumentos dúcteis que nos permitam avaliar uma sociedade portuguesa que se em muitos aspectos continua a ser, quase um século depois, a mesma d'*Os Maias*, em muitos outros já o não é, simultaneamente progrediu e retrocedeu, tornou-se mais dramática (ou aparentemente mais dramática), tão dilacerada que nem vemos romancista algum atrever-se a ironizá-la, como se o humor parecesse ofensivo — esse humor de que o próprio Eça entreviu, como se sabe, a decadência.

Temos as teses, faltam-nos as fórmulas. Sabemos — ou julgamos saber — que no mundo em que vivemos todas as coisas dependem umas das outras, e nem já a ilusão da neutralidade cómoda ou da inacção nos resta, visto que ser neutro ou inactivo é também uma forma de intervir — e a pior de todas. Bernal afirma algures que cada morte no mundo contemporâneo é um crime de que todos somos responsáveis. E Jean-Paul Sartre, referindo-se a um romancista, e dos maiores, Flaubert, responsabiliza-o da repressão que se seguiu à Comuna de Paris. Responsável unicamente porque não protestara. E então pergunto-me: de quantas mortes, de quantos crimes não somos nós responsáveis por termos ficado calados? E como iremos transmitir nos nossos romances o quadro bem fiel desse incómodo sentimento ao qual já não podemos escapar, como transmitiremos também aos leitores o desejo de transformarem em acção fecunda esse incómodo sentimento? Estas e outras perguntas que vão acompanhando dia a dia a vida do romancista. Mas que é um romance senão um exame de consciência que se prolonga por muitos meses, durante esses muitos meses que o autor leva a escrevê-lo? Ora cada um de nós — e nós somos a matéria de que os romances são feitos — é responsável não somente pelo que conhece mas até por muito do que ignora, pois ignorar, podendo não ignorar, é já um crime.

Porém — e voltando atrás —, a fórmula nova, os processos novos que nos ajudem a dar vida a esse exame de consciência de homens pertencentes a uma sociedade velha na qual germina já — assim o creio — a sociedade nova, onde estão eles, prontos a estimular o nosso esforço?

Estas *Boas Intenções* que aí ficam são simplesmente uma tentativa (e malograda) para traduzir numa linguagem que não seja exactamente a do Eça, um exame de consciência que também não pode ser o do Eça (muitos anos se passaram), o exame de consciência de quem sabe, ou julga saber, que hoje não vivemos apenas num presente mais ou menos determinado pelo passado, vivemos também num presente fecundado já pelo futuro — um futuro que, condicionado pelos nossos gestos ao mesmo tempo que os condiciona, dessa forma se identifica com o presente, se inscreve nele. Uma tentativa, em suma, para traduzir numa linguagem adequada, um mundo cuja transformação está nas nossas mãos (nossas, de todos os homens) para a riqueza ou para a miséria, para a liberdade ou para a escravidão, para a tolerância ou a intolerância, a alegria ou a dor, a justiça ou a injustiça, a beleza e a ciência facultadas a todos ou somente a alguns. Mas quantos crimes por omissão não terei eu cometido, de quantas ignorâncias indesculpáveis não terei sido responsável?

Agradeço, pois, do coração, este prémio, mas oxalá esses homens do século XXI que (invisíveis) estão nesta sala não pensem em nós, não precisem de pensar em nós, não estejam a velar comovidamente os nossos cadáveres, não nos ouçam, não percebam o que dizemos (pelo menos não percebam o que eu digo), preocupem-se, isso sim, com outros problemas, problemas por nós hoje insuspeitados, os problemas novos de uma época sem sombras e sem medos.

1964.